Mord in Bornheim-Walberberg

© Kersten Wächtler

AF236609

www.rsk-krimi.de

Rhein-Sieg-Kreis Krimi

Mord in

Bornheim-Walberberg

Der 15. Fall der Kommissarin Thekla Sommer

© **Kersten Wächtler**

www.rsk-krimi.de

Bibliografische Information der Deutschen Nationalbibliothek:

Die Deutsche Nationalbibliothek verzeichnet diese Publikation in der
Deutschen Nationalbibliografie; detaillierte Daten sind im Internet über
http://dnb.dnb.de
abrufbar

1.Auflage
Erschienen 08 /2021
Copyright © 2021 Kersten Wächtler
Coverbild: © Kersten Wächtler / created by onlinestreet.de
Herstellung und Verlag: BoD – Books on Demand, Norderstedt
ISBN: 9783754332665

Alle Rechte vorbehalten

www.rsk-krimi.de

Alle Texte, Textteile, Graphiken, Layouts sowie alle sonstigen schöpferischen Teile dieses Werkes sind unter anderem urheberrechtlich geschützt. Das Kopieren, die Digitalisierung, die Farbverfremdung, sowie das Herunterladen z.b. in den Arbeitsspeicher, das Smoothing, die Komprimierung in ein anderes Format und Ähnliches stellen unter anderem eine urheberrechtlich relevante Vervielfältigung dar. Verstöße gegen den urheberrechtlichen Schutz sowie jegliche Bearbeitung der hier erwähnten Schöpferischen Elemente sind nur mit ausdrücklicher vorheriger Zustimmung des Verlags und des Autors zulässig. Zuwiderhandlungen werden unter anderem strafrechtlich verfolgt

5

Alle Personen und Tathergänge sind frei erfunden.

Ähnlichkeiten mit lebenden oder toten Personen sind rein zufällig

Wie jeden ersten Mittwochmorgen eines Monats, war Agnes Werhaus auch diesen Morgen wieder gegen vier Uhr auf dem Friedhof gewesen. Hier lag Martin Schnee, der vor zwei Jahren verstorbene Mann, dem sie mit siebzehn Jahren ihre Unschuld gegeben hatte. Damals hatte Agnes „beste Freundin" ihrem Herzensmann schöne Augen gemacht und ihn zu einer Trennung bewogen. Letztendlich hatte ihre Freundin mit ihrer Mitgift gelockt, die ihr von ihren Eltern bei ihrer Hochzeit, versprochen wurde. Jeder im Dorf war hinter dem Mädchen her, deren Eltern eines der größten Bauernhöfe im Umkreis besaßen. Sie war im Volksmund eine „gute Partie", nach der sich so manch einer die Finger leckte. Diese eingebildete Göre konnte alle haben, jedoch wollte sie ausgerechnet Martin Schnee, - den sie dann schließlich auch bekam. Agnes Werhaus hatte Jahre später einen Jungen aus Merten aus einem Nachbardorf geheiratet und mit ihm ihr zweites Kind bekommen. Ihr erster Sohn war das Ergebnis ihrer „Entjungferung". Ihre „erste große Liebe" jedoch hatte sie nie vergessen und obwohl das „erste Mal" mit Martin mittlerweile sechzig Jahre her war, erinnerte sich Agnes daran, als sei es gestern gewesen. Ihre Tante hatte sie einmal beiseite genommen und gesagt: »Das erste Mal vergisst Du nie«. Wie recht sie doch hatte, denn nun ging Agnes, deren Mann vor zehn Jahren bei einem Arbeitsunfall ums Leben kam, jeden ersten Mittwoch des

Monats auf den Friedhof, das Grab ihrer „wahren Liebe" richten. Agnes ging immer so früh, da sie nicht von den Walberbergern gesehen werden wollte. Keiner hatte, so vermutete sie, eine Ahnung, dass gerade sie es war, die wöchentlich neue Blumen auf das Grab legte, - genauso, wie keiner eine Ahnung davon hatte, das Martin Schnee der einzige Mann war, der schon all die vielen Jahrzehnte in ihrem Herzen wohnte. Sie stellte die Gießkanne an den inneren Bereich des dortigen Friedhofseingangs und ging vom Gelände entlang der Straße in Richtung ihres Hauses im Nachbarort. Von links sah Agnes im Augenwinkel einen Schatten auf sie zukommen, doch die Müdigkeit ihrer Gelenke und die fehlende Reaktionszeit, ließen es geschehen. Mit voller Wucht traf sie die Kühle des Hammerkopfes. Noch beim Fallen spürte Agnes einen zweiten Schlag, ebenfalls wie den ersten auf dem Hinterkopf. Agnes Werhaus würde nie wieder auf den Friedhof zu ihrer „ersten und wahren Liebe" gehen können. Sie lag auf den Pflastersteinen des Gehwegs und verblutete innerhalb der Zeit die verging, bis ein weiterer Besucher des Friedhofs sie fand.

*

Thekla Sommer, die Kriminalkommissarin der Siegburger Mordkommission und Leiterin der Dienstgruppe II, war mit Robert Hanf, ihrem Lebensgefährten und Kollegen der gleichen Dienstgruppe, sowie ihrem Sohn David Sommer und dessen Freundin Jana Kaminski, bei ihrem Vater in Bornheim-Roisdorf zu Besuch. Peter Sommer war selbst viele Jahre als Hauptkommissar bei der Bonner Mordkommission tätig gewesen, bevor er sich mit seiner Frau Franziska in Roisdorf niederließ, um die Schönheiten des Vorgebirges zu genießen. Zu Zeiten der Beziehung zwischen seiner Tochter Thekla und Bernd Lay, dem früheren Partner seiner Tochter und gleichzeitig dem Vater seines Enkels, war der Kontakt zu seiner Tochter abgerissen, doch seitdem sie mit Robert zusammen war, stabilisierte sich die Vater-Tochter Beziehung wieder. Sehr zur Freude von Peter, hatte Thekla die Einladung angenommen, mit der gesamten Familie in dem Eiscafé Trebellii in Bornheim-Walberberg, ein schönes Beisammensein zu verbringen.

»Ihr werdet erstaunt sein«, meinte Peter Sommer zu seinen Gästen, als sie von der Wohnung in Roisdorf in Richtung Walberberg fuhren, »wie herrlich dort das Eis schmeckt. Der Familienbetrieb wurde erst vor einigen Jahren eröffnet und entwickelte sich schnell zu einem Geheimtipp unter Eis- und Kuchenliebhabern. Die Inhaber verkaufen verschiedene Kreationen unterschiedlicher Geschmacksrichtungen. Es wird nur handgemachtes Eis angeboten, das ausschließlich aus natürlichen Rohstoffen, wie Biomilch und frischen Früchten hergestellt wird. Dazu kommt noch die herrliche Aussicht von der Terrasse aus«.

»Opa,- Du bist ja mächtig begeistert«, meinte der siebzehnjährige David, als er Peter so reden hörte, »es handelt sich um Eis und nicht um ein Gourmetrestaurant«.

Peter Sommer schaute seinen Enkel von der Seite an und meinte lächelnd: »Also erstens möchte ich, wie Du weißt, nicht „Opa" genannt werden, schließlich bin ich noch „gut in Schuss"«, dabei schaute er seine Frau Franziska zwinkernd an, »und zweitens sage ich nur „Lass Dich überraschen"«.

Robert, David und dessen Freundin Jana, stiegen in „Opas" Auto, einem silberfarbenen Mercedes der B-Klasse, zu Franziska, die den Wagen fahren würde. Peter selbst stieg zu Thekla in deren heißgeliebten hellgrünen Twingo ein. Da die ganze Familie nicht komplett in einen Wagen hineinpasste, hatte Peter beschlossen: »Wir fahren mit zwei Wagen, - Thekla und ich fahren vor, - Ihr folgt uns«. Manchmal kam der Ton eines Hauptkommissars noch bei ihm durch, doch seine Frau hatte sich daran gewöhnt und ließ ihn machen. Schließlich wusste sie, dass sie in wichtigen familiären Dingen „die Hosen an hatte". Kurz hinter der Ortschaft Merten sagte Peter: Da vorne müssen wir links in den Holzweg, den Berg hochfahren«.

»Oh, - ist das ein toller Ausblick«, meinte Jana, als alle auf dem großzügig angelegten Parkplatz des Cafés ausgestiegen waren«.

»Ja, es ist toll hier«, meinte Peter und zeigte mit ausgestrecktem Arm auf das Panorama, »hier kannst Du von Bonn«, er zeigte mit dem Arm nach rechts, »über das Siebengebirge, bis zum „Kölner Dom"«, Peter schwenkte seinen Arm nach links, »schauen. Den Dom erkennt man allerdings nur bei klarem Wetter«.

Als die sechs Familienmitglieder auf der großen Terrasse vor dem Café, Platz genommen hatten und immer noch die herrliche Aussicht genossen, kam die Inhaberin des Anwesens, um die Bestellung aufzunehmen. In liebevoller Kleinarbeit, gemeinsam mit ihrem Mann, hatte die Inhaberin mit ihm das Anwesen seinerzeit aus- und umgebaut.

*

Am folgenden Morgen klingelte das Telefon in Siegburg-Stallberg, dem Wohnort von Thekla und Robert. Robert war vor etwas über einem Jahr, nach einem Wasserrohrbruch in seiner Wohnung, kurzerhand zu Thekla in ihr gemietetes kleines Häuschen gezogen, obwohl die Beiden erst kurze Zeit vorher ihre Liebe füreinander entdeckt hatten und ein Paar wurden. Eigentlich sollte dieser Umzug nur vorrübergehend sein, da „getrennte Wohnungen" auch etwas für sich hatten, wie Robert meinte. Die angenehme Nähe zueinander war allerdings der Grund dafür, dass sich doch Beide entschlossen, die Suche nach einer weiteren Wohnung aufzugeben.

»Hallo, Thekla Sommer, - guten Morgen!«, hörte Robert, der gerade unter der Dusche stand, seine Liebste sagen. Danach verstand er nichts mehr, da Thekla aus dem angrenzenden Schlafzimmer die Treppe in den unteren Wohnbereich hinunter ging. Kurze Zeit später allerdings, als Robert sich abtrocknete, hörte er Thekla rufen: »Schatz, - beeil Dich, - wir haben einen neuen Fall«.

»Was gibt es denn? « fragte Robert, der in sein T-Shirt geschlüpft war und den Reißverschluss seiner Jeans zuzog, als er die Treppe heruntergelaufen kam. Thekla reichte ihm einen Becher Kaffee, den sie bereits eingegossen hatte, mit den Worten: »Eine tote Frau am Friedhof in Walberberg«.

»Da wo wir gestern das Eis gegessen haben? « fragte Robert überrascht.

»Richtig«, meinte Thekla, »nur war das zwischen Merten und Walberberg. Jetzt müssen wir in den gleichen Ort zum Friedhof. Die Kollegen der Bornheimer Wache haben Bollenkamp verständigt. Er hat als Leiter der drei Dienstgruppen der Mordkommission, nun gerade hier

angerufen und mir den Fall zugeteilt. Also, - trink den
Kaffee, - wir müssen los«.

»Ich muss mir noch die Haare föhnen«, meinte Robert,
doch Thekla verwies darauf, dass es bereits sommerliche
Temperaturen seien und sie keine Zeit zu verlieren hätten.
Schließlich waren sowohl die Spurensicherung, als auch
die beiden anderen Kollegen der Dienstgruppe II, Lisa
Drollig und Peter Ludwig, bereits unterwegs zum Tatort.

*

Theklas Handy klingelte und Robert nahm das
Gespräch an, da Thekla niemals während der Fahrt
telefonierte. Zum einen verbot der §23 die Benutzung
eines Telefons während der Fahrt, zum anderen aber
widersprach diese Benutzung auch Theklas eigenem
Verständnis vom „aufmerksamen Fahren".

»Ich kann mich nicht den Geschehnissen auf der
Straße aufmerksam widmen, wenn ich dabei auch noch
ein Handy am Ohr habe«, sagte Thekla immer, wenn
Robert sie hin und wieder neckte, indem er meinte,
Thekla sei „telefonierfaul".

Robert hatte im Display erkannt, dass seine Kollegin
Lisa Drollig anrief und so meldete er sich mit den Worten

»Hallo Lieblingskollegin, - wir sind auf dem Weg, - seid Ihr schon da? «

»Peter und ich warten auf der Hanrathstraße, - wie lange braucht Ihr noch? « fragte Lisa.

»Wir haben gerade die A555 an der Ausfahrt Wesseling verlassen und sind kurz vor Sechtem. Ich schätze mal so etwa fünf Minuten«, meinte Robert, »wo ist denn die Hanrathstraße? «

»Die befindet sich ziemlich in der Ortsmitte, - am besten Ihr orientiert Euch an dem Kirchturm auf der Kitzburger Straße. Von dort geht die Hanrathstraße ab. Habt Ihr denn kein Navi im Auto? «

»Theklas Navi hat einen Defekt. Wir sind doch in dem Twingo unterwegs«, meinte Robert. Thekla machte alle ihre Dienstfahrten mit dem Twingo, da sie diesen Wagen über alles liebte und ihn, obwohl er mittlerweile auch schon "in die Jahre gekommen" war, liebevoll pflegte.

Kurze Zeit kurbelte Robert die Seitenscheibe auf der Beifahrerseite runter und deutete den Kollegen in dem Dienstwagen, der sich nun rechts neben dem Twingo auf dem Parkstreifen befand, an, sie sollen dem Twingo folgen.

Hinter der nächsten Straßenbiegung sahen sie das gespannte rot-weiße Flatterband, womit die Bornheimer Streifenwagenbesatzung, den Fundort der Leiche weiträumig abgesperrt hatten. Der weiße Mercedes-Vito mit der schwarzen Aufschrift „POLIZEI" mit dem die Kollegen der Spurensicherung stets unterwegs waren, stand auch schon am Flatterband, wobei die Kollegen der Spusi bereits tatkräftig ihre Arbeit verrichteten.

Thekla, Robert und die Kollegen aus dem Dienstwagen, die hinter dem Twingo gehalten hatten, stiegen aus und gingen zu dem Flatterband. Der Leiter der Spusi erkannte Thekla und stimmte zu, dass die Kripobeamten sich innerhalb des abgesperrten Bereiches bewegen konnten.

»Die verwertbaren Spuren sind schon genommen, - Ihr könnt Euch frei bewegen«, meinte er, als er Thekla mit Handschlag begrüßte. »Es handelt sich hier um eine etwa fünfundsiebzig bis achtzigjährige Frau. Die Tote wurde mit einem stumpfen Gegenstand erschlagen. Die Wunde, hier am Hinterkopf, deutet vermutlich auf einen Hammer hin, so jedenfalls meine erste Einschätzung der untersuchten Wunde. Anhand der Leichenstarre und dem bereits eingetrocknetem Blut, vermute ich einen Tatzeitpunkt von etwa sechs Uhr, plus minus dreißig Minuten, alles weitere nach der Obduktion«.

15

»Hinweise auf die Identität? « fragte Thekla.

Der Spusileiter schüttelte den Kopf. »Die Tote hat keine Papiere oder Schlüssel bei sich gehabt. Die uniformierten Kollegen der Bornheimer Wache haben bereits den Friedhof und die Umgebung nach einer möglichen Handtasche abgesucht, - ohne Ergebnis«.

Thekla drehte sich zu ihren Kollegen um und meinte: »Möglicherweise Raubmord. Wir müssen als erstes ermitteln, wer die Frau war, - ob sie hier gewohnt hat und was sie so früh bereits hier wollte? War sie zufällig schon so früh hier entlang gegangen und der Täter folgte ihr, oder wurde ihr hier aufgelauert? « Lisa machte mit ihrem Smartphone einige Bilder vom Leichenfundort und der Toten, bevor diese in den Zinksarg gelegt wurde, um sie in die Rechtsmedizin nach Köln am Melatengürtel, zu bringen. Kurz bevor die Zinkwanne geschlossen wurde, rief einer, der inzwischen reichlich umherstehenden Anwohner erschrocken: »Dat is doch dat Werhaus Agnes aus Merten« Die Kripobeamten drehten sich in die Richtung, in der ein Herr, so um die achtzig Jahre alt, stand und gingen zu ihm.

»Kriminalpolizei Siegburg«, sagte Thekla und hielt ihren Dienstausweis hoch. »Thekla Sommer, - Sie kennen die Tote? «

»Ja, - eben als sie auf dem Gesicht lag, konnte ich sie nicht erkennen, - aber jetzt, wo sie in die Wanne gelegt wurde, erkenne ich sie«. Er drehte sich zu dem halb hinter ihm stehenden Mann um und meinte zu ihm: »Dat is doch dat Agnes, - oder? «

Der Mann nickte langsam und unter Schock stehend, wie es den Anschein hatte.

»Und wer sind Sie? « fragte Robert, der Thekla gefolgt war und nun neben ihr stand.

»Wilhelm Assel, - ich wohne da drüben, in der Hauptstraße. Ich bin hierhin gekommen, weil die da unten in der Hauptstraße erzählt haben, hier sei wat passiert, - da wollt ich nur mal gucken«. Der Mann schaute verdutzt und traurig wegen dem, was er gesehen hatte, gleichzeitig aber auch verbittert deswegen, dass hier in Walberberg jemand getötet wurde. »Sie müssen wissen, hier im Dorf passiert normalerweise nichts. Hier wohnen alles anständige Leute, die friedlich und rechtschaffen ihrer Arbeit nachgehen und die Ruhe der dörflichen Gemeinschaft suchen. Da ist man natürlich neugierig, wenn …«.

»Schon gut, Sie müssen sich nicht rechtfertigen, wenn Sie Interesse am Geschehen hier im Ort haben. Bitte geben Sie den Kollegen Ihre Personalien an«, Thekla zeigte auf Lisa und Peter. Thekla erhob ihre Stimme und sprach nun alle, etwa inzwischen zwanzig Personen an, die sich im Halbkreis um das Flatterband versammelt hatten. Damit hatten sie nun nicht gerechnet, ihre Personalien angeben zu müssen. Waren sie denn nun alle verdächtig?

Nachdem der Leichenwagen die Fahrt in Richtung Köln angetreten hatte und sich die Aufnahme der Personalien dem Ende neigte, fragte Robert den älteren Herrn, der als erster die Tote erkannt hatte: »Sagen Sie mal, - kann man denn hier irgendwo etwas besonders gut essen? «

Thekla drehte sich in Roberts Richtung und zischte mit unterdrückter Stimme: »Robert!«

Dieser drehte sich dann zu Thekla und meinte: »Wir haben bald Mittag und wenn ich Dich erinnern darf, hatte ich noch kein Frühstück«.

Thekla schüttelte den Kopf aber Robert hörte dem Herrn gerne zu, als dieser das „Landhaus Wieler" auf der Hauptstraße, nicht weit entfernt von der Stelle, an der sie sich gerade befanden, sehr lobte. »Meines Erachtens ist das die beste Adresse hier weit und breit. Die haben eine vorzügliche Speisekarte und bevorzugen regionale Produkte sowie Fleisch aus Biohaltung«.

18

Robert drehte sich grinsend zu Thekla und leckte sich über seine Lippen.

»Erst einmal ermitteln wir«, war Theklas Reaktion und an den mitteilsamen Mann, der neben Robert stand, gewandt, fragte sie, »Wissen Sie auch, wo die Tote in Merten gewohnt hat? «

*

Jana und David waren froh als sie am Abend wieder zu Hause waren. Zwar waren die leckeren Eisbecher und das Wiedersehen mit "Opa" eine schöne Abwechslung, doch sie hatten niemandem erzählt, dass heute ihr erster „Jahrestag" des jungen Glücks war. Bernd, Davids Vater und Doris, Janas Mutter, hatten sich für ein paar Tage an der holländischen Küste einquartiert und so hatte David mit seiner Liebsten „sturmfreie Bude". Nachdem Jana am Abend, nackt wie Gott sie erschaffen hatte, aus dem Badezimmer kam und zu David ins Bett stieg, meinte sie:

»Mir tut der Bauch etwas weh, - ich glaube das war heute zu viel Eis gewesen«.

David nahm den weichen und gut riechenden Körper zärtlich in die Arme, gab Jana einen liebevollen Kuss und meinte:

»Warte ab, mein Schatz, gleich wirst Du Dein Bauchweh vergessen«.

Er stand, ebenfalls wie Gott ihn erschaffen hatte, aus dem Bett auf, wobei seine „Männlichkeit" in erigiertem Zustand, Janas Blick gefangen hielt. David ging an den Schrank, der in der Ecke seines Zimmers stand und holte drei Teelichter und eine Flasche Sekt, die er zuvor bereits aus dem Kühlschrank geholt hatte. Ein Teelicht stellte er auf den niedrigen Tisch inmitten des Zimmers und die beiden anderen, links und rechts neben das Bett, auf den Boden. Nachdem er alle drei angezündet und die Flasche geöffnet hatte, schaltete er die Deckenlampe aus, füllte zwei Sektgläser bis zur Hälfte und stieg wieder zu Jana ins Bett.

»Auf noch viele schöne Jahre mit Dir«, flüsterte er, bevor sie die Gläser leerten und in einen minutenlangen innigen Kuss versanken. David streichelte dabei Janas kleinen und festen Busen, deren Brustwarzen sofort reagierten und die Knospen hart werden ließen. David, davon angespornt, wanderte mit seiner rechten Hand vom Busen abwärts, über die weiche Haut ihres Bauches, hinab zum weiblichen Lustzentrum. Jana fing leicht an zu stöhnen, als David sie dort liebevoll berührte, schob aber dennoch seine Hand beiseite und setzte sich neben David, den sie gleichzeitig behutsam in die Kissen drückte. Liegend darauf wartend, was Jana nun vor hatte, sah

David, wie Janas langen Haare seitlich ihr Gesicht verbargen, als sie sich über seine Männlichkeit beugte. Er drückte seinen Hinterkopf in das Kissen und genoss die nächsten Minuten, absoluter Zärtlichkeit.

Am nächsten Vormittag erwachten die Beiden, nah aneinander gekuschelt zwischen weichen Kissen und Decken. Thekla und Robert waren indes bereits mitten in ihren Ermittlungen eines Mordfalles.

*

»Wir sollten herausbekommen, was die Tote heute Morgen so früh hier wollte. War sie auf dem Friedhof oder auf dem Weg zu einem anderen Friedhof? Es soll hier noch einen „Heldenfriedhof" geben, der den Opfern des zweiten Weltkriegs zu Ehren angelegt wurde«, sagte Thekla zu den Kollegen, als sie sich vom Tatort zurückgezogen hatten und nun an ihren Autos standen.

»Es gibt sogar noch einen dritten, ganz kleinen Friedhof oben auf dem Berg in der Nähe des Sportplatzes«, meinte Lisa, die sich wie immer, auf ihrem Smartphone informiert hatte, »einen jüdischen Friedhof«.

Thekla nickte anerkennend. Sie wusste, dass ihr Team bei jedem neuen Fall ihr Bestes gab und sich sofort in den Fall hineindachte. Den schnellen Recherchen der technikaffinen Lisa, war es schon mehrmals zu verdanken, dass das Team auf die richtige Spur kam. Aus diesem Grund teilte Thekla nun das einzelne Vorgehen auf: »Lisa, Du hörst Dich bitte im Ort um, wer die Frau näher kannte? Was könnte zu dem Raubüberfall, nach Meinung der Anwohner, geführt haben und - hat die Tote verstorbene Angehörige auf den Friedhöfen hier im Ort. Peter, - Du unterstützt Lisa bitte bei den Anwohnern hier in Walberberg, behältst aber bitte im Fokus, wer sich warum so früh morgens hier in der Regel aufhält? Ich denke da an Zeitungsauslieferer, Brötchendienst der Bäckereien oder auch Müllabfuhr. Vielleicht hat jemand die alte Frau gesehen oder jemanden, der nicht in den Ort gehört und der sich auffällig verhalten hat? Robert und ich werden nach Merten zum Wohnort der Frau fahren. Schließlich hatte sie weder Papiere noch Schlüssel bei sich. Vielleicht hat sich schon jemand Zutritt zur Wohnung oder dem Haus der Toten verschafft. Wir werden nun lange unterwegs sein, treffen uns aber am späten Nachmittag zur täglichen Fallbesprechung im Siegburger Präsidium«.

Lisa und Peter stimmten den Anweisungen zu und gingen sofort in verschiedene Richtungen der Hanrathstraße, auf der die Wagen geparkt waren.

»Und wir«, Thekla schloss die Tür des Twingos auf und deutete an, dass Robert einsteigen solle, »fahren jetzt nach Merten«.

»Aber, -- wir wollten doch etwas essen gehen«, stotterte Robert, schließlich habe ich noch nicht gefrühstückt«.

Thekla grinste, meinte aber etwas genervt: »Später Robert, - ich habe Deinen ewigen Hunger nicht vergessen. Wir müssen jetzt aber zuerst zum Wohnort der Toten und sehen, ob dort jemand anzutreffen ist. Schließlich fehlen Hausschlüssel und Papiere der Toten. Das könnte der Täter zu einem Diebstahl nutzen«.

Dieser Argumentation hatte Robert nichts entgegenzusetzen und stieg ein. Als sie auf der Bonn-Brühler Straße in Fahrtrichtung Merten waren, meinte Robert kurz vor dem Ortsausgang aufgeregt »Halt mal schnell hier rechts an«. Zunächst war Thekla erstaunt über die Aussage, sah dann allerdings den Grund. Robert stieg mit den Worten »Ich hol mir schnell ein paar Äpfel«, aus dem Twingo und betrat das Gelände des dort ansässigen „Walberberger Obst- und Gemüsestandes". Es dauerte eine Weile bis er wieder, bepackt mit einer gefüllten Papiertüte zum Wagen kam. »Wo warst Du denn so lange? « fragte Thekla, »wir müssen endlich mit den Ermittlungen anfangen«. Robert jedoch stieg ein, stellte

23

die große Papiertüte zwischen seine Beine, und holte eine Schale frischer Erdbeeren heraus. »Das ist ein ganz toller Stand. Die Inhaberin hat mir erzählt, dass sie schon einige Jahre den Stand betreiben und sehr auf Frische und Qualität der Produkte achten würde. Hier habe ich tolle Erdbeeren«, er hielt Thekla, die schon weitergefahren war, eine vor den Mund, die sie gerne annahm und genüsslich verzehrte »und hier habe ich noch frische Himbeeren und einige knackige Äpfel«, meinte Robert weiter.

»Die können wir ja heute Abend zuhause essen« sagte Thekla, aber Robert winkte ab. »Die esse ich jetzt, denk dran, ich hatte kein Frühstück«.

Thekla bog in Merten in die Kreutzstraße ab und fuhr den Berg hinauf. Die Straße ging in die Klosterstraße und später in die Silcherstraße über. Von hier musste Thekla, ziemlich hoch oben auf dem Berg angekommen, in den Herrenhäuschensweg abbiegen. Das Haus mit der Nummer 98a stand ziemlich einsam und schien ein ehemaliger kleiner Bauernhof zu sein. Eine alte Bruchsteinmauer und verschiedene, teils zerfallene Stallungen sprachen dafür, dass hier schon einige Jahre nichts gemacht wurde.

»Hier wohnte das Mordopfer? « fragte Robert ungläubig.

Thekla nickte und meinte: »So jedenfalls hat es der Mann gesagt, der die Tote wohl erkannt hatte«.

Nachdem die Beiden ausgestiegen waren und vor dem alten hölzernen Hoftor standen, klingelte Robert an der verrosteten Klingel, auf der „Werhaus" stand. Nach einer Weile hörten sie, wie jemand hinter dem Tor rief. »Einen Moment noch«. Dann wurde der rechte Flügel des zweiflügeligen etwa zweimeterachtzig hohen Tores geöffnet.

»Ja? « fragte ein Mann, etwa sechzig Jahre alt, mit unrasiertem Gesicht und noch im Schlafanzug.

»Guten Tag«, begrüßte Thekla den Mann und hielt ihren Dienstausweis hoch, »Thekla Sommer, von der Kriminalpolizei Siegburg, - das hier«, sie zeigte auf Robert, »ist mein Kollege Robert Hanf. Wohnt hier eine Frau Agnes Werhaus? «

Der ungepflegt wirkende Mann nickte und meinte: »Das ist meine Mutter, die ist aber im Moment nicht da«.

»Können Sie uns freundlicherweise sagen, wo Ihre Mutter zurzeit ist? « fragte Thekla lächelnd.

»Warum wollen Sie das denn wissen? « antwortete der Mann recht unfreundlich »und überhaupt, was will denn die Kripo Siegburg von uns? Siegburg ist doch so weit weg von hier«.

»Richtig«, beantwortete Thekla die Frage, nun jedoch nicht mehr lächelnd sondern in einem ernsteren Tonfall, »aber das hier ist immer noch der Rhein-Sieg-Kreis und deshalb in unserem Zuständigkeitsbereich. Also, nochmal, - können Sie uns sagen, wo sich Ihre Mutter gerade aufhält? «

Der Mann fasste sich an das unrasierte Kinn, ließ den Blick nach rechts oben in den Himmel schweifen und meinte dann: »Ist heute Mittwoch? «

Robert, der von dem Mann bei seiner Frage angeschaut wurde gab etwas entnervt zur Antwort. »Ja Mann, - heute ist Mittwoch! «

»Dann ist sie bestimmt noch in Walberberg auf dem Friedhof. Da geht sie immer mittwochs morgens hin, - warum hat sie uns nie erzählt? Aber eigentlich müsste sie längst wieder hier sein«.

»Ist das Ihre Mutter? « fragte Thekla, als sie dem Mann ein Bild auf ihrem Smartphone zeigte, das sie eben von der Toten gemacht hatte.

Der Mann wurde bleich im Gesicht und öffnete erschrocken seinen Mund. »Was ist mit ihr? « fragte er.

Thekla und Robert erzählten von dem Auffinden der toten Mutter und dass nun die Ermittlungen eingeleitet worden seien. Herr Werhaus öffnete das Hoftor und bat die Beamten ins Haus zu kommen. Nach Durchschreiten eines kleinen Innenhofes, der mit altem Kopfsteinpflaster versehen war, kamen sie zu dem zweigeschossigen Wohnhaus. Beim Betreten des Flures, roch es bereits ziemlich muffig, wofür sich Herr Werhaus entschuldigte.

»Wir hatten einen Wasserschaden im Keller. Das Rohr ist zwar abgedichtet - aber das Wasser ist in das Fundament und die alte Backsteinmauer eingedrungen. Das dauert bis das alles wieder getrocknet ist. Herr Werhaus bat Thekla und Robert ins Wohnzimmer, von wo aus sie einen ungehinderten Blick in die Küche hatten, welche sehr unordentlich wirkte. Wirklich besser, roch es hier auch nicht.

»Der sollte mal die Fenster aufreißen« dachte Robert, der sich sehr unwohl fühlte. Herr Werhaus schaltete den Fernseher aus, in dem gerade eine Werbesendung über weibliche Hygieneartikel lief. »Ich geh mir schnell was anziehen«, meinte er, »wollen Sie einen Kaffee? Ich kann schnell einen machen«.

Thekla schüttelte den Kopf, »nein Danke, sehr freundlich«, meinte sie »aber wir haben schon gefrühstückt und reichlich Kaffee getrunken«, log sie, wobei sie Robert mit weit aufgerissenen Augen ansah, in der Hoffnung, er würde jetzt nichts Gegenteiliges sagen. Als Herr Werhaus in der ersten Etage verschwunden war, sagte Robert leise »Also ehrlich, wenn ich das da sehe«, er zeigte in die unaufgeräumte und speckig wirkende Küche, »dann vergeht mir der Durst auf Kaffee«.

Der Hausherr kam die Treppe wieder runter, hatte allerdings seinen Schlafanzug lediglich gegen eine, wohl schon länger getragene, Jogginghose und ein Shirt ausgetauscht.

»Wohnen Sie und Ihre Mutter alleine hier? « fragte Thekla.

Herr Werhaus nahm auf einem Sessel Platz und bat die Kriminalbeamten, sich aufs Sofa zu setzen. »Ja, wir wohnen hier, seitdem ich denken kann. Meine Eltern haben den Hof vor etwa sechzig Jahren aufgebaut. Ich war damals gerade geboren. Mein Bruder Rüdiger wurde sieben Jahre später geboren. Er ist aber, als er vor zehn Jahren geheiratet hatte, nach Brühl gezogen. Mein Vater ist im gleichen Jahr gestorben. Seitdem wohne ich mit meiner Mutter alleine hier. Wo ist meine Mutter jetzt

28

eigentlich? Ich muss mich doch um die Beerdigung
kümmern«.

Ihre Mutter ist in die Rechtsmedizin nach Köln
gebracht worden. Der Leichnam wird nun obduziert, um
die genauen Todesumstände festzustellen«, meinte
Thekla.

»Aber Sie sagten doch eben, sie sei vermutlich mit
einem Hammer erschlagen worden? «

»Das muss aber alles von der Rechtsmedizin amtlich
festgehalten werden. Auch ob es vielleicht noch andere
Begleitumstände gab« sagte Robert, der sich sichtlich
unwohl auf dem Sofa fühlte.

»Was für Begleitumstände? « wollte Herr Werhaus
wissen.

»Alkohol, Drogen, Schlafmittel …« zählte Robert auf.

Ludger Werhaus sprang von seinem Stuhl auf. »Was
erlauben Sie sich! « schrie er, »auch wenn wir hier nicht
die Reichsten sind, so sind wir doch nicht Abschaum.
Alkohol, Drogen, - Meine Mutter war siebenundsiebzig
Jahre alt«.

»Nun beruhigen Sie sich, mein Kollege hat das nicht auf Ihre Mutter bezogen. Nur werden Tests immer bei einer Obduktion durchgeführt, eben auch auf Substanzen im Blut. – Das hat jetzt nichts mit der Lebensführung Ihrer Mutter zu tun. Übrigens, - Ihre Mutter war dann doch bestimmt heute Morgen bei dem Grab Ihres Vaters? Sie sagten eben, er sei vor zehn Jahren verstorben«.

Werhaus schüttelte den Kopf. »Papa liegt hier in Merten auf dem Friedhof. Warum Mama hier nur sehr selten hingegangen ist, aber jeden ersten Mittwoch im Monat zum Walberberger Friedhof rannte, weiß ich nicht. Das hat sie keinem verraten.

Thekla stand vom Sofa auf und Robert sprang sofort ebenfalls empor. »Vielen Dank Herr Werhaus, für die Auskünfte. Sollten wir noch Fragen haben, werden wir uns bestimmt noch einmal an Sie wenden. Sie bekommen Bescheid, wann Sie Ihre Mutter beerdigen können«. Beim Hinausgehen meinte sie noch »Können Sie uns bitte die Adresse Ihres Bruders in Brühl aufschreiben? «

Thekla nahm den Zettel, den Herr Werhaus ihr übergab und fasste ihn, ohne das Werhaus es sah, nur mit den Fingernägeln des Zeigefingers und des Daumens ihrer linken Hand an, drehte Herrn Werhaus den Rücken zu und ging in Richtung ihres Autos.

»Was soll das denn? « wollte Robert flüsternd von seiner Liebsten wissen.

»Gib mir mal ein kleines Asservatentütchen aus Deiner Jackentasche«, meinte Thekla.

Jetzt war Robert klar, was Thekla wollte. Sie wollte eventuelle Fingerabdrücke sichern, zum Vergleich mit dem eventuellen Mordwerkzeug. »Clever«, dachte Robert. Thekla ließ den Wagen mit gedrückter Kupplung, den Kreuzberg hinunterrollen, als Robert meinte: »Meine liebste Maus, - wir haben jetzt Mittag und außer den Erdbeeren und den Himbeeren habe ich noch nichts gegessen. Können wir nun bitte nach Walberberg fahren, um im „Landhaus Wieler" etwas zu essen. Herr Assel, der die Leiche heute Morgen erkannt hatte, hat das Restaurant in dem Hotel so sehr empfohlen. Ich glaube, das habe ich mir nach dem Aufenthalt in der Wohnung der Toten jetzt verdient«.

Thekla lächelte und meinte: »Da hast Du recht Robert, mir ist jetzt auch nach einem schönen Ambiente und einem lecker zubereiteten Essen«.

Auf der Walberberger Hauptstraße war direkt vor dem Hotel und Landhaus, ein Parkplatz schräg gegenüber der Bank, frei.

»Schau mal hier«, meinte Robert, nachdem sie sich an einen der hölzernen Tische im gemütlichen „Landhausstil" eingerichtetem Restaurant, gesetzt hatten. »Das ist ein inhabergeführtes Hotel der gehobenen Mittelklasse. Hier gibt es achtundzwanzig Gästezimmer, alle in bester Ausstattung mit vorzüglichem Charme und Stil«. Robert schaute Thekla an, die bereits in der Speisekarte versunken schien. Als Robert nun ebenfalls auf die ausgeschriebenen Angebote schaute, lief ihm das Mundwasser augenblicklich zusammen. Nachdem die Bedienung am Tisch erschien und die Beiden auf Nachfrage erfuhren, dass das Landhaus bereits in vierter Generation geführt wurde, bestellte Thekla „Mikado vom Rinderfilet mit Balsamicojus, Böhnchen und Macaire Kartoffeln". Robert wählte: „Hasenrückenfilet im Nussmantel mit Preiselbeerbirne, Pommes Macaire und feinem Gemüse. Er schaute Thekla verlegen an und bestellte als Vorspeise: "Carpaccio vom Rinderfilet leicht mariniert mit frischem Parmesan". »Schließlich haben wir uns das jetzt verdient, nach dem muffigen Gestank eben«, meinte er schuldbewusst dessen, mal wieder reichlich bestellt zu haben. Thekla jedoch kannte Roberts enormen Appetit und steten Hunger, wenn er etwas zu Essen sah. Lächelnd nickte sie ihm zu.

*

Bei der abendlichen Fallbesprechung im Siegburger Polizeipräsidium saßen Thekla, Robert, Lisa, Peter und Sybille Salz, die „gute Seele" der Dienstgruppe II, um den ovalen Tisch des Besprechungsraumes. Sybille hatte lange Jahre im aktiven Dienst der Mordkommission „an vorderster Front" gearbeitet. Sie fühlte sich aber vor einigen Monaten mit ihren dreiundfünfzig Jahren zu alt und nahm dankend, die freigewordene Position einer Sekretärin, die mit Aufgaben im Innendienst versehen war, welche die administrativen Ermittlungen via Internet beinhalteten, an. Da sie, wie immer als Schriftführerin der jeweiligen Besprechungen agierte, lag der Schreibblock vor ihr.

Lisa begann mit den Ausführungen ihrer Ermittlungen in Walberberg.

»Ich hatte mich mit Peter zu Beginn unserer beiden Recherchen darauf verständigt, dass wir zunächst auf Haustürbefragungen verzichten wollten, um dem üblichen Dorftratsch keine Nahrung zu geben. Wir einigten uns darauf, dass der eine linksseitig, der andere rechtsseitig im Dorf, die Anwohner auf der Straße befragte. So befragte ich also verschiedene Anwohner, die auf dem Weg zum Einkaufen oder zu sonstigen Erledigungen unterwegs waren, nach Frau Agnes Werhaus. Wer kannte sie oder wer konnte Angaben zu ihrem morgendlich frühen Aufenthalt in der Nähe des Friedhofes machen? Es waren hauptsächlich die älteren Dorfbewohner, die sich gut an sie erinnerten, da sie vor vielen Jahrzehnten selber in Walberberg gewohnt haben muss. Nähere Einzelheiten zu früheren Begebenheiten und warum sie nun in Merten gewohnt hatte, wusste keiner mehr. Weiterhin war ich im Bereich des Hexenturms, der nie als Hexenturm genutzt wurde, sondern aus den Erzählungen eines Einheimischen, ein unbewohnter Hauptturm einer größeren Hof- oder Burganlage war und etwa im zwölften oder dreizehnten Jahrhundert gebaut wurde. Der fünfgeschossige Turm soll im unteren Bereich zweimeterachtzig Wandstärke haben die sich von Etage zu Etage „verjüngt", aber im obersten Geschoß immer noch achtzig Zentimeter beträgt. «

»Und nach all den Jahren ist der Turm immer noch intakt? «, fragte Sybille interessiert nach, da sie sich sehr für Bauwerke des Mittelalters begeisterte.

»Wie mir der freundliche Mann, den ich in Walberberg befragt hatte, noch erzählte, kümmert sich seit vielen Jahren ein Förderverein um diesen Turm, da er neben der Pfarrkirche St. Walburga zu den Wahrzeichen Walberbergs gehört. Die heutige weiße Außenhaut hat der Turm vor einigen Jahren bekommen, was den meisten alteingesessenen Walberbergern gar nicht gefällt«.

34

»Hast Du außer heimatkundlichem auch irgendwelche ermittlungsrelevanten Sachen erfahren? « fragte Robert.

Lisa schüttelte mit zusammengepressten Lippen den Kopf, den sie auch gleichzeitig senkte, da sie die Frage als diskreten Hinweis an ihrer stetigen Lust ausschweifender Kommunikation interpretierte.

»Gut, Danke Lisa«, meinte Thekla, die sich nun Peter Ludwig zuwandte, »hast Du etwas falldienliches zu berichten? « fragte sie.

»Wie man es nimmt«, meinte er, »auf jeden Fall könnte es sich um etwas handeln, dass vielleicht in weitere Ermittlungen passt«. Peter räusperte sich und nahm einen Schluck aus dem vor ihm stehenden Wasserglas. »Zunächst begegneten mir Jugendliche, die aus der Schule kamen und nur herumkicherten, als ich sie ansprach. Die Älteren unter ihnen waren sehr interessiert an meinem Dienstausweis und dem Geschehen am Friedhof. Nähere Auskünfte zu der Toten konnten sie nicht machen. Überhaupt schien sie unter den Bewohnern bis Mitte vierzig niemand zu kennen. Als ich etwas außerhalb des Dorfes an der früheren Wassermühle, an der jetzt eine Hofanlage untergebracht ist, auf deren Wiesen, das erste Mal in meinem Leben, nebst einigen Pferden und einem Esel, auch „Wollschweine" gesehen habe, erzählte mir ein Spaziergänger, dass die tote Frau

Werhaus hier in Walberberg geboren wurde und auch hier zur Schule gegangen war. Er war mit ihr in der Volksschule in einer Klasse, sagte er, aber als sie dann kurz nachdem der Jahrgang die Schule verlassen hatte, schwanger wurde, hatte sie sich sehr zurückgezogen. Keiner wusste damals, von wem das Kind war. Sie wurde in Walberberg ziemlich gemieden und wie eine Aussätzige behandelt bis dann ihr nun verstorbener Ehemann, Hans Werhaus, sie heiratete und zu sich nach Merten holte. Auf meine Frage hin, ob er wisse, warum Frau Werhaus in Walberberg gewesen sein könnte, meinte er achselzuckend, dass er gehört hätte, dass Agnes öfters den Friedhof hier besuchen würde, - allerdings immer nur ganz früh morgens, - wenn alle noch schlafen würden«.

»Wann kommt denn der Teil, der für uns relevant sein könnte? « fragte Robert gelangweilt.

»Moment«, Peter Ludwig hob seine rechte Hand mit gestrecktem Zeigefinger Richtung Decke, »zunächst schlussfolgerte ich, dass die Tote ihren verstorbenen Mann Hans hier auf dem Friedhof besucht hätte, aber der redselige Bürger Walberbergs erzählte mir, dass er Hans Werhaus gut gekannt hätte und dieser vor zehn Jahren in Merten beerdigt worden sei. Er sei selber auf dem von einer Mauer umgebenen Friedhof bei der Beisetzung dabei gewesen. In Walberberg allerdings, so munkelt man unter den alten Einheimischen, sei der Vater ihres ersten

36

Kindes, weshalb Agnes Werhaus im Ort verstoßen worden war, beerdigt worden«.

Thekla hob den Kopf und setzte sich nun aufrecht in ihren Stuhl. »Das ist ja interessant«, meinte sie, »da sollten wir ansetzen, gibt es sonst noch etwas? «

»Ich weiß nicht ob es wichtig ist und wie ich es einordnen soll, - aber ein Bediensteter der Bornheimer Straßenreinigung, der heute für Walberberg eingesetzt war, sagte aus, er hätte, als er mit seiner Kehrmaschine im Bereich rund um die Pfarrkirche >St. Walburga< gefahren sei, um danach in Richtung Sportplatz und dem Schützenhaus zu fahren, auf dem Weg dorthin einen Obdachlosen gesehen, der mit seinem vollbepackten Fahrrad den Berg hinauf ging. Er soll auf dem Gepäckträger einen großen Wäscheberg und an dem Lenker zwei gefüllte Plastiktüten gehabt haben«.

»Ist der Obdachlose dem Gemeindemitarbeiter bekannt gewesen? Hat er vielleicht sogar im Bereich Walberbergs eine versteckte Bleibe im Wald? «, fragte Thekla nach.

»Soweit der Mann wusste, gibt es am Berggeistsee, einer mit Wasser vollgelaufenen Kohlegrube zwischen Walberberg und dem „Phantasialand", hin und wieder provisorische Hütten, sogenannte "wilde Behausungen", die auf den kurzzeitigen Verbleib von Obdachlosen oder auch Drogenabhängigen hindeuten. Diesen Mann jedoch hatte er noch nie gesehen«.

Thekla schaute in die Runde der Kollegen. »Wir wissen nun, welche Richtungen morgen eingeschlagen werden. Peter, - Du recherchierst bitte weiter in Sachen des „nichtsesshaften Mannes". Lisa, - Du übernimmst bitte die Spur des möglicherweise nichtehelichen Kindes von Frau Werhaus. Robert und ich werden das nähere Verhältnis zwischen der Toten und demjenigen hinterfragen, dem die Tote anscheinend nachtrauerte. Handelte es sich dabei möglicherweise um den Vater des erstgeborenen Kindes von ihr?

»Willst Du wirklich noch zum Kick-Box-Training? « fragte Robert, als er mit Thekla zu ihrem Twingo ging, der in der Tiefgarage des Polizeipräsidiums abgestellt war. Thekla hatte sich in einem Verein auf der Siegburger Kaiserstraße eingeschrieben, um ihre Kenntnisse in der Nahkampftechnik zu verbessern und so den Gefahren, die ihr Job täglich mit sich bringen konnte, besser entgegenwirken zu können. Sie kniff die Lippen zusammen, als dürfe sie den Wunsch lieber zuhause auf der Couch zu entspannen, nicht aussprechen. Als der Bewegungssensor in der Tiefgarage die Lamellen des großen Garagentores langsam nach oben bewegte, meinte sie:

»Du hast Recht, - die Hitze hat mir heute ganz schön zu schaffen gemacht. Wir holen uns was bei „Imbiss Paul" in Kaldauen und hauen uns danach auf die Liegestühle im schattigen Garten"

»Und dazu zwei kühle Warsteiner Pils, - das ist eine sehr gute Idee«, stimmte Robert dem Vorschlag zu.

*

Am Folgetag bekam Thekla, gleich nachdem sie den Flur auf der Etage, in dem die Mordkommission untergebracht war erreicht hatte, eine schlechte Nachricht mitgeteilt.

»Sybille und Peter haben sich beide „krank" gemeldet. Sie hatten sich gestern Abend zusammen mit ihren Ehepartnern, bei Peter im Garten zum Grillen getroffen. Irgendetwas scheint mit dem Fleisch nicht gestimmt zu haben, da alle vier die letzte Nacht mit Bauchkrämpfen und zahlreichen Toilettengängen zu tun hatten. Nur die fünfzehnjährige Tochter von Peter hatte weder Magen- noch Darmprobleme. Da siehst Du mal wieder, dass wir Vegetarier doch gesünder leben«, lächelte Lisa, die bereits zwanzig Minuten vor Thekla und Robert im Präsidium angekommen war. Sie hatte die Krankmeldungen von Alfred Bollenkamp telefonisch erhalten, der darum bat, es Thekla auszurichten.

Robert schaute Thekla, die links neben ihm stand, an und meinte: »Dann sind wir faktisch unterbesetzt und nicht ermittlungsfähig«

Theklas Kopf wirbelte zu Roberts Seite und er blickte in zornige und verbissene Augen. Er kannte diesen Ausdruck in ihren Augen, der immer dann zum Vorschein kam, wenn Thekla herausgefordert wurde.

»Das entscheide immer noch ich«, fauchte sie. »Wenn wir Hilfe von den Kollegen der anderen Dienstgruppe brauchen, werde ich sie anfordern. Bis dahin ermitteln wir drei, sie meinte Lisa, Robert und sich selber, alleine«.

Robert wollte in der aufgeheizten Stimmung kein weiteres Wort verlieren. Auch Lisa merkte die wallende Stimmungslage, lächelte Thekla an und sagte: »Na klar, - los ans Werk. Wie teilst Du die Ermittlerrollen neu ein? «

Nachdem sich Thekla in ihren Bürostuhl gesetzt hatte, merkte sie, dass sie, nachdem sie von den Krankmeldungen erfahren hatte, unprofessionell reagiert hatte und meinte nun in einem ruhigeren Ton, »Lisa, erkundige Du Dich bitte, wie gestern Abend besprochen, zunächst darum, etwas über das uneheliche Kind von der Toten zu erfahren. Robert, Du übernimmst die Aufgabe von Peter und recherchierst nach dem nichtsesshaften Mann, der in Walberberg gesehen wurde. Ich selber werde versuchen, hinter das Geheimnis zu kommen, warum Frau Werhaus so oft den Friedhof in Walberberg zu solch früher Stunde aufsuchte«.

*

Lisa befuhr die A565 von Bonn Beuel in Richtung Meckenheim und bog hinter der Rheinbrücke auf die A555 um an der Ausfahrt Wesseling abzufahren und über Bornheim-Sechtem nach Merten zu gelangen. Sie hatte sich auf der Fahrt überlegt, mit den Recherchen am Wohnort der Toten zu beginnen und steuerte die Adresse an, die Thekla ihr genannt hatte. Thekla und Robert waren bereits am Vortag dort, als sie auf den etwas verwirrt wirkenden Sohn der Toten trafen. Genau, - hier wollte Lisa nun mit den Befragungen ansetzten. Vielleicht konnte ja bereits der sechzigjährige Ludger Werhaus Licht in die Sache eines vermeintlich unehelichen „Geschwisterkindes" bringen? Vielleicht wusste er sogar, um wen es sich handeln könnte?

»Oh Gott, - was ist denn da passiert«, dachte Lisa, als sie in die Straße einbog, die in Richtung von vielen Feldern zu führen schien und in der das Haus der Toten stand, als eines von drei weiteren Häusern. Ein Streifenwagen stand genau vor dem Haus, dessen Adresse sie von Thekla bekommen hatte. Nachdem sie ausgestiegen war und durch das geöffnete große Tor in den Innenhof ging, wurde sie von einem der uniformierten Polizisten der Bornheimer Polizeidienststelle, angehalten.

»Sie können hier jetzt nicht rein, - zu wem wollen Sie denn? « fragte der Polizist mit einer sehr harten und äußerst männlich wirkenden Stimme.

Lisa holte ihren Dienstausweis aus der rechten hinteren Gesäßtasche, hielt ihn dem Kollegen in Augenhöhe hin und sagte: »Kripo Siegburg, - wir ermitteln in einem Tötungsdelikt in Walberberg. Frau Werhaus ist ums Leben gekommen, - sie hat doch hier gewohnt, - oder? « Lisa war sich im Moment nicht sicher, ob sie wirklich an der richtigen Adresse war, schließlich waren Robert und Thekla gestern bei dem Sohn der Toten gewesen.

»Ja, Sie sind hier schon richtig«, antwortete der Polizist freundlich »wir sind vor zwanzig Minuten informiert worden, hier sei ein Einbrecher im Haus. Als wir ankamen, steckte allerdings ein Schlüsselbund von außen in der offenstehenden Haustüre. Drinnen sieht es ziemlich zerwühlt aus. Der Anrufer, Herr Ludger Werhaus, befand sich in der oberen Etage im Schlafzimmer und gab an, er hätte Lärm im Erdgeschoss gehört. Da er sich nicht runter traute, hatte er uns verständigt. Bei unserem Eintreffen war allerdings außer dem Anrufer niemand mehr im Haus«.

»Der Schlüsselbund steckte von außen? « fragte Lisa nach.

»Genau, - diesen hat der Anrufer als den Schlüsselbund seiner toten Mutter identifiziert.

Lisa betrat das Haus und fand Herrn Werhaus im Schlafanzug, bei der Vernehmung durch den zweiten uniformierten Kollegen vor. Er wirkte sehr aufgeregt, - ja teilweise sogar verstört.

»Guten Tag zusammen« meinte Lisa und zeigte ihren Dienstausweis, »Lisa Drollig, Kripo Siegburg, wenn Sie hier fertig sind hätte ich auch noch ein paar Fragen an Herrn Werhaus«. Der Polizist nickte Lisa zu. »Ich habe gerade die Einbruchsanzeige fertig aufgenommen. Sie können gerne die Befragung übernehmen«.

»Danke«, Lisa nickte dem Kollegen zu und schaute zu Herrn Werhaus. »Wer kann das gewesen sein? « fragte sie eindringlich.

Der sich immer noch im Schlafanzug befindende Mann, schaute Lisa nicht an, als er kopfschüttelnd meinte: »Ich weiß es doch nicht, - wahrscheinlich derjenige, der meine Mutter erschlagen hat und dann ihre Handtasche mitnahm. Dort muss er dann den Personalausweis und den Schlüssel gefunden haben. So wusste er, wo er mit dem Schlüssel, Diebesgut finden würde«.

»So könnte es gewesen sein«, dachte Lisa, wollte aber noch weitere Fragen, hinsichtlich des unehelichen Kindes machen, warum sie eigentlich hierhin gekommen war. Herr Ludger Werhaus allerdings winkte verzweifelt ab. »Bitte keine Fragen mehr, - Sie sehen doch, wie es hier aussieht. Ich muss hier dringend aufräumen, - aber zuerst werde ich ein paar Tage bei meiner Tante Sophie wohnen. Hier ist es mir im Moment nicht sicher genug. Was mache ich, wenn der Einbrecher wiederkommt? «

»Sie haben doch jetzt den Haustürschlüssel«, meinte Lisa.

»Trotzdem, - was meinen sie, was das für ein Schock war, jemanden Fremden im Haus zu hören. Davon muss ich mich erst einmal erholen«.

»Wer sagt denn, dass es ein Fremder war? « stellte Lisa nüchtern fest.

»Sie meinen, - jemand der uns kennt? Wie soll der denn an den Schlüsselbund gekommen sein? «

Lisa entschuldigte sich für die Bemerkung, obwohl sie sich dabei nichts gedacht hatte und nur den nüchternen

Sachverhalt wiedergegeben hatte. Sie schaute den Kollegen der Bornheimer Wache an, der immer noch an dem Tisch saß, an dem er die Vernehmung vorgenommen hatte. Dieser zuckte mit den Schultern, stand auf und wollte an Lisa vorbei, um das Haus zu verlassen.

»Warten Sie«, meinte Lisa, »ich gehe mit raus«, und an Herrn Werhaus gewandt fragte sie, »wo wohnt denn Ihre Tante Sophie? Wo können wir Sie denn erreichen, falls noch dringende Fragen hinsichtlich der Ermittlungen im Todesfall Ihrer Mutter auftreten? «

»Meine Tante wohnt in Trippelsdorf, am Bogen 18« bekam sie zur Antwort. Dann ging Ludger die Treppe ins obere Stockwerk. Er wollte sich anziehen, ein paar Sachen einpacken und dann so schnell, wie möglich aus dem Haus. Der Schock über das erlebte schien ihm sehr in die Knochen gefahren zu sein.

Als Lisa mit den beiden uniformierten Kollegen am Dienstwagen angekommen war, fragte sie: »Sagt mal, - wo ist denn dieses Trippelsdorf? «

Der ältere der beiden Kollegen meinte: »Trippelsdorf ist ein kleiner Ortsteil von Merten. Damals, ich glaube es war im siebzehnten Jahrhundert, bestand Merten aus drei kleinen Siedlungen, eine davon war Trippelsdorf. Am besten, Sie fahren von hier oben durch den Ort in

Richtung des Trippeldsdorfer Bachtälchens, einem
Landschaftsschutzgebiet, oder aber Sie fahren wieder
unten auf die Bonn-Brühler Straße in Richtung
Walberberg. Sofort hinter dem Ortsausgang links in den
Holzweg und dann den Berg rauf, am Café Trebellii
vorbei«.

»Ah«, Lisas Mine erhellte sich und sie grinste, »da bei
diesem italienischen Eiscafé, - dass kenne ich. Wir waren
gestern dort Eis essen«.

Der Polizist lächelte. »Da vertuen sich die allermeisten
Gäste«, meinte er, »das ist ein deutsches Eiscafé. Der
Name „Trebellii" stammt nicht aus Italien, sondern ist ein
lateinischer Ausdruck für den Ortsteil Trippelsdorf. Die
Inhaber des Cafés, das übrigens ganzjährig geöffnet hat,
fanden den Namen in Gedenken an den geschichtlichen
Hintergrund passend«.

»Ganzjährig geöffnet?« fragte Lisa erstaunt nach,
»lohnt sich das denn auch im Winter? «

Der ältere Streifenpolizist lächelte wieder, als er
väterlich wirkend meinte: »Frau Kollegin, - im Winter
wird dort herrlich schmeckender selbst hergestellter
Kuchen angeboten. Übrigens nicht nur im Winter«, fügte
er nach einer kurzen Pause hinzu, »selber gebackenen

Kuchen bekommen Sie das ganze Jahr über, - auch jetzt im Sommer«.

»Danke Kollege«, Lisa hob die Hand zur schnellen Verabschiedung und stieg in ihren Dienstwagen. Wenn sie das mit dem Kuchen auch Robert erzählen würde, würde dieser bestimmt auf einen weiteren Besuch bei „Trebellii" bestehen. Nun jedoch wollte sie sich erst einmal im Ort Merten bei den älteren Bürgern erkundigen, ob diese etwas zu einem „unehelichen Kind" der getöteten Frau Werhaus sagen könnten.

*

Nachdem Robert fast den ganzen Ort abgegangen war, jedoch bei seinen Befragungen nach einem Obdachlosen, der mit seinem Fahrrad in der Gegend unterwegs gewesen sein soll, immer wieder nur ein Kopfschütteln der Befragten erhalten hatte, erinnerte er sich daran, dass der Gemeindearbeiter mit seiner Kehrmaschine berichtet hatte, dass am Berggeistsee mehrmals Obdachlose, wie auch Kleinkriminelle und Drogendealer gesehen worden seien. Robert wollte keineswegs Obdachlose und Kleinkriminelle unter einen Hut stecken, da er schon mehrfach mit „Landstreichern", wie sein Vater diese Menschen früher immer nannte, beruflich zu tun hatte und diese teilweise früher einmal gutsituierte Menschen waren, mit Haus, Familie und einem guten Job. Dennoch wollte er dem Hinweis zum Dornheckensee folgen. Er verständigte kurz Thekla über Handy über sein Vorhaben. »Solltest Du mich brauchen, bin ich innerhalb weniger Minuten sicherlich bei Dir«, hatte er ihr gesagt, doch Thekla lehnte seine Hilfe ab. Dabei wäre er so gerne mit ihr zusammen unterwegs gewesen. Robert fuhr auf Anweisung seines Navis über den Rheindorfer-Burg-Weg, vorbei am CAREA-Schlosshotel, über die Coloniastraße bis zum „Parkplatz Berggeistweiher". Von einem Spaziergänger, der gerade ebenfalls seinen Wagen dort abgestellt hatte, erfuhr Robert, dass der hiesige „Berggeistsee" einer von zahlreichen im Naturschutzpark Rheinland sei und aus einer vollgelaufenen ehemaligen Kohlegrube des Braunkohletageabbaus bestand. Freundlich verabschiedete sich Robert mit den Worten „bestimmt sehr erholsam hier, dann will ich mal frische Luft schnuppern". Hätte er nach versteckten Behausungen gefragt, wäre ihm der Mann sicherlich nicht mehr von der Seite gewichen. So jedoch überquerte Robert die Straße vom Parkplatz aus und tauchte in das Dickicht des angrenzenden Waldes ein. Nach etwa dreißig Metern kam er an eine Gabelung des „Trampelpfades" und sah direkt vor sich das Gewässer. Einem Instinkt folgend, wählte er den Weg nach links, da es sich möglicherweise um einen Rund Pfad handelte und er dann sowieso wieder hier raus kommen würde. Der Weg schlängelte sich am Berg entlang, wobei immer rechts von Robert, der schön anzuschauende See lag. Robert ging in die Hocke und schaute entspannt ins Wasser. Er erinnerte sich an seine Kindheit, als er mit Schulfreunden oft an der, damals nahe seinem Wohnort gelegenen, Wahnbachtalsperre gespielt und sich verbotenerweise die Füße gekühlt hatte. Plötzlich schreckte er aus seinem „Tagtraum" hoch, als er hinter sich die Stimme des Mannes hörte, den er vorhin am Parkplatz getroffen hatte. »Man könnte bei der Bullenhitze auf die Idee kommen, sich ein erfrischendes Bad zu gönnen, - aber hier ist Wassersport und Baden verboten! « Robert stand aus der Hocke wieder auf, hob seine linke Hand und rief dem etwa sechs Meter entfernten Mann lächelnd zu: »Alles klar, - Danke! « Was Robert wunderte, - warum trug der Mann ein Fernglas um den Hals? Suchte er hier nach Tieren im Wald? War er vielleicht ein Lepidopterologe? Dieses Wort hatte er aus seiner Kindheit behalten. Es war der griechische Ausdruck für „Schmetterlingsliebhaber". Robert setzte seinen Weg, entlang des Sees fort, immer den Blick schweifend nach einem möglichen Unterschlupf eines nichtsesshaften Menschen. Als er mehr als die Hälfte die vollgelaufene Kohlegrube umrundet hatte und an eine Stelle kam, an der die Böschung hinab zum Wasser nicht steil und mit Bäumen bewachsen war, sondern eher flach ins Wasser zu gleiten schien und mit Wiese bewachsen war, hörte er lautes Geschrei. Zuerst dachte er an ein Unglück und seine kriminalistische Aufmerksamkeit wurde geweckt, - dann jedoch vernahm er, dass es sich nicht um Hilfeschreie zu handeln schien. Vielmehr schienen sich dort Menschen zu vergnügen. Langsam, hinter den dicht nebeneinander stehenden Bäumen, Schutz suchend, näherte er sich den lauten Stimmen. Zuerst sah er in der Nähe des Wassers drei Fahrräder im Gras liegen. Daneben, ziemlich verstreut, lagen einige Kleidungsstücke, Schuhe und Taschen. »Was ist hier los?« dachte er, bis er die drei Mädchen im noch flachen Bereich des Wassers sah. Es schienen etwa sechzehn- bis siebzehnjährige Mädchen zu sein, die sich völlig ausgezogen hatten und in dem Wasser ihren Spaß hatten. Sie standen, jeweils etwa drei Meter voneinander entfernt, bis zu den Knien in dem kühlenden Nass und bespritzten sich gegenseitig. Dabei quietschten sie, wie kleine Ferkel im Schweinestall, denen frisches Futter gegeben wird und jedes als erstes am Trog sein will. Robert sah den nackten Mädchen eine Weile zu. Die kleinen Brüste mit den zarten Knospen erinnerten Robert, der wieder in Tagträume zu versinken schien, an Theklas kleinen aber durch ihr tägliches Fitnesstraining, festen Busen. Plötzlich war es ihm, als würde er einen Schlag gegen den Hinterkopf bekommen. »Was machst Du hier eigentlich? « schoss es ihm in den Kopf, »Du bist doch kein verdammter Spanner! « Robert drehte sich um und schaute nicht mehr zu den kreischenden Mädchen herunter, die ihn nun entdeckt hatten. Urplötzlich ließen sich alle Drei ins Wasser fallen, um so die Nacktheit ihrer Körper zu verbergen. Robert hob beide Arme steil nach oben und streckte auch noch die Hände in den Himmel.

»T´schuldigung«, rief er laut, »hab nix gesehen!« Er verschwand schnellen Schrittes aus dem Sichtfeld der Mädchen. Hatte der Fremde von vorhin mit seinem Fernglas Ausschau nach nackt Badenden gehalten? Der kalte See bot mit seinen vereinzelten Einbuchtungen durchaus die Möglichkeit sich schnell einmal zu erfrischen. War der See vielleicht sogar als FKK Gelände bekannt? Als er wieder am Auto war, rief er Thekla an. Auf keinen Fall wollte er von dem Erlebten erzählen, vielmehr wollte er sie davon in Kenntnis setzen, dass er bei seinen Recherchen nicht weiter gekommen sei.

»Gut meinte Thekla, - dann treffen wir uns gleich am Tatort. Ich habe erfahren, wen Frau Werhaus hier auf dem Friedhof möglicherweise besucht haben könnte. Lisa rief mich eben an, - sie sei auf dem Weg zu dem anderen Sohn der Toten, - nach Brühl. Vielleicht weiß er etwas von einem weiteren „unehelichen" Geschwisterkind? Wir sollten vielleicht zu Zweit die mühselige Befragung hier im Ort fortsetzen. Kannst Du kommen? «

Roberts Mine erhellte sich in dem aufgeheizten Wagen, das die ganze Zeit in der prallen Sonne auf dem Parkplatz stand. »Na klar kann ich kommen, bin in ein paar Minuten am Friedhof«. Laut den Song: „You are the sunshine of my life… « singend, den Stevie Wonder 1972 auf seinem Album „Talking Book" veröffentlichte, fuhr Robert los. Die Hitze schien ihn plötzlich nicht mehr zu stören.

*

Lisa Drollig hatte sich unterdessen bei den Mertener Bürgern umgehört, ob jemand etwas zu einem unehelichen Kind der Frau Werhaus sagen konnte. Sie erfuhr von einer reiferen Dame, die in etwa in dem Alter der Toten war, dass Ludger Werhaus damals mit in die Ehe gebracht wurde, als Hans Werhaus sie damals geheiratet hatte. Hans hatte den Jungen damals sofort adoptiert, um ihn mit dem Namen „Werhaus" umzubenennen. Wer der richtige Vater des Jungen war, konnte die Gesprächspartnerin von Lisa allerdings nicht sagen. Lisa entschloss sich daraufhin, den zweiten Sohn der Toten, Rüdiger Werhaus, in Brühl aufzusuchen. An diese Adresse konnte sich die Frau in Merten erinnern, da sie einmal dort zu seinem Geburtstag, zusammen mit seiner Mutter, eingeladen war. Lisa befuhr die Bonn-Brühler Straße in Richtung Brühl, als sie Thekla von ihrem weiteren Vorgehen telefonisch unterrichtete. Gleich nachdem sie unter der Autobahnbrücke der A553 hindurchfuhr, musste sie am zweiten Kreisel in die Geildorfer Straße abbiegen. Hier bewohnte Rüdiger Werhaus mit seiner Frau und der achtjährigen Tochter Samantha ein gemietetes Einfamilienhaus. Leider traf Lisa nur die Ehefrau an, da Rüdiger Werhaus nach einem heftigen Streit, das Haus verlassen hatte und sich eine „Auszeit" genommen hatte. Wo er sich gerade aufhielt, konnte seine Ehefrau nicht sagen, da er sich seit zwei

Tagen nicht gemeldet hatte und auch nicht an sein Handy ging.

»Komisch«, dachte Lisa, »da wird die Mutter ermordet und genau seit diesem Zeitpunkt hat sich der Sohn mit unbekanntem Aufenthaltsort, eine Auszeit von seiner Ehe genommen? «.

Lisa verständigte Thekla kurz telefonisch über die neuesten Recherchen. Sie wollte sich eigentlich nun mit ihr und Robert treffen, um gemeinsam in Walberberg weiter zu ermitteln, doch Thekla schickte Lisa direkt weiter nach Bornheim-Zentrum. Dorthin waren nämlich nun auch Lisa und Robert unterwegs. Es hatten sich interessante Neuigkeiten ergeben, die weitere kurze Befragungen am SUTI-Center in Bornheim erforderlich machten.

*

Als Robert noch am Dornheckensee nach einer Spur eines vermeintlichen Obdachlosen suchte, hatte Thekla in Walberberg ihre Suche nach einer Verbindung zwischen Frau Werhaus und deren Besuchen auf dem dortigen Friedhof, von einer dort angetroffenen älteren Dame, Erstaunliches erfahren.

»Ach, - von der Polizei sind Sie? « meinte die Frau, die das Unkraut auf dem Grab ihres verstorbenen Mannes zupfte. »Sind Sie wegen dem Tod von der Agnes hier? «

Thekla steckte ihren Dienstausweis, den sie gerade vorgezeigt hatte, als sie die Friedhofsbesucherin angesprochen hatte und sich ihr vorstellte, wieder in ihre linke Gesäßtasche.

»Genau deshalb ermitteln wir zurzeit hier«, erklärte Thekla. »Kannten Sie Frau Agnes Werhaus? «

Die Frau unterbrach das Zupfen des Unkrauts. Sie kniete auf einem Plastiksack und bat Thekla, ihr beim Aufstehen behilflich zu sein. Dann erzählte sie, eine Schulfreundin von Agnes gewesen zu sein. Auf Theklas Frage hin, ob sie wüsste, warum ihre alte Freundin hier auf dem Friedhof gewesen sein könnte, antwortete sie:

»Ach, - wissen Sie junge Frau, - dass ist eine lange Geschichte. Die Agnes ist damals von ihrer ersten großen Liebe schwanger geworden. Die zwei hatten vor, so erzählte mir Agnes, heimlich zu heiraten. Das war vor sechzig Jahren gar nicht so einfach, da Agnes zu diesem Zeitpunkt erst siebzehn Jahre alt war und es hier im Dorf als Schande galt, so früh ein Kind zu bekommen. Irgendwie hatte es jedoch Edeltraud Schnee, die damals noch Kohl hieß, geschafft, den Martin, Agnes heimlichen

Freund und Kindesvater zu sich ins Bett zu locken und so
an sich zu binden. Wissen Sie? Die Edeltraud hätte
damals jeden hier im Umkreis haben können, denn ihre
Eltern hatten den größten Bauernhof hier im Umkreis und
jeder war hinter ihr her. Aber ausgerechnet den Martin
hatte sie sich ausgesucht. Nun ja, - es war ja auch damals
ein stattlicher und gutaussehender junger Mann aber ich
verstand es damals nicht, warum er sich von Agnes
abwand und den Weg zu Edeltraud nahm. Für Agnes war
es damals sehr schwierig hier im Dorf zu leben. Niemand
wollte mehr etwas mit einer zu tun haben, die ein
uneheliches Kind bekommen hatte und die den Namen
des Vaters unter keinen Umständen nennen wollte. Außer
mir wusste, so glaube ich, damals niemand, wer der Vater
des Kindes war. Agnes zog nach Merten zu Hans, der
damals Agnes Sohn akzeptierte und ihn, nachdem er und
Agnes geheiratet hatten, adoptierte«.

»Dann ist Ludger Werhaus das uneheliche Kind? «
fragte Thekla erstaunt nach.

»Ja, Ludger ist der Junge, dessen Vater hier im
Nachbarort von Merten, den größten Bauernhof weit und
breit, nach dem Tod von Edeltrauds Eltern übernahm und
bis zu seinem eigenen Tod auch weiterführte. Nachdem
Hans Werhaus, Agnes Ehemann, vor zehn Jahren
verstorben war und einige Jahre später auch Martin
Schnee starb, kam Agnes auf die Idee, ihrer „ersten

großen" heimlichen Liebe, den sie die ganze Zeit über in ihrem Herzen getragen hatte, nun wieder nahe sein zu können, indem sie ihm immer am ersten Mittwoch im Monat, frische Blumen auf sein Grab brachte«.

»Wieso denn ausgerechnet immer am ersten Mittwoch im Monat? « wollte Thekla wissen.

Theklas Gesprächspartnerin, die auch schon an die achtzig Jahre zu sein schien, bückte sich ein wenig und umschloss beide Knie mit ihren Händen. Es schien, als hätte sie Schmerzen in den Kniegelenken.

»Möchten Sie sich ein wenig setzen? « fragte Thekla besorgt. »Kommen Sie«, Thekla hakte die Frau unter ihrem rechten Arm unter, »da vorne ist eine Bank, - da setzen wir uns einen Augenblick hin«.

Nickend trippelte die Dame mit kleinen Schritten neben Thekla her, die den Müllsack und die kleine Harke, die vor dem Grab lagen, an dem die Frau eben noch Unkraut jätete, aufgehoben hatte und mitnahm. Als sie nebeneinander auf der Bank saßen, schmunzelte die ältere Dame und blinzelte Thekla zu. Flüsternd sagte sie:

»Agnes vertraute mir damals an, es sei der erste Mittwoch im Monat gewesen, als Martin ihr die Unschuld nahm«. Die Frau kicherte leise in sich hinein.

Nachdem sich die beiden Frauen noch ein wenig über die „alten Zeiten" unterhielten, wollte Thekla wissen, ob Frau Edeltraud Schnee noch hier wohne und ob sie auch Kinder mit Martin Schnee hätte.

»Die Schnees haben ihren Hof am Ortsrand, Richtung Keldenich. Das ist ein riesiges Anwesen, nicht zu verfehlen. Aus der Ehe gingen Beate und ein paar Jahre später Karl hervor. Die Beiden sind aber ziemlich verkracht. Beate zog vor etwa sechs Jahren, kurz nach dem Tod ihres Vaters aus und betreibt seit dem einen „Hähnchenwagen", - so einen Verkaufswagen, in dem sie Hähnchen grillt und an verschiedenen Standorten verkauft«.

»Und Karl? « wollte Thekla wissen.

»Karl wohnt noch auf dem Hof, allerdings munkelt man, er wolle den Hof und alle Ländereien bald verkaufen«.

»Da wird doch sicherlich seine Mutter etwas dagegen haben? Schließlich hatten sie und ihr Mann den Hof vererbt bekommen und wohl auch erfolgreich weiter geführt? «

Die Frau neben Thekla kramte in ihrer Handtasche und zog ein Papiertaschentuch heraus. Sie schnäuzte kräftig hinein, zerknüllte das Taschentuch zusammen, steckte es wieder in die Tasche und zog ein frisches heraus. Damit schien sie sich ein paar Tränen, die ihr über die Wange liefen, abzuwischen.

»Wissen Sie«, meinte die Frau nun etwas traurig, »so ist das mit uns Alten. Irgendwann werden wir nicht mehr gebraucht. Meist dann, wenn wir alt und gebrechlich werden, - selber Hilfe benötigen, - werden wir abgeschoben. Edeltraud ist vor etwa zwei Wochen in ein Pflegeheim nach Bornheim gekommen. Sie wurde langsam, so erzählt man sich, dement. Karl hatte keine Zeit dafür, sich ständig um eine vergessliche Mutter zu kümmern und Beate, - die ist doch auch ständig mit ihrem Hähnchenwagen unterwegs«.

»Ein Pflegeheim in Bornheim? « fragte Thekla. »Wissen Sie in welches? «

Die Frau schüttelte den Kopf. »Nein das weiß ich nicht, - ich weiß nur, dass das Alten- und Pflegeheim in Merten zurzeit keinen Platz frei hat, – deshalb eben in Bornheim«.

Thekla bedankte sich sehr für das aufschlussreiche Gespräch und verabschiedete sich. Robert war zwischenzeitlich am Friedhof vorgefahren um seine Liebste in Empfang zu nehmen und sie bei ihren

Ermittlungen zu unterstützen. Sie ging zu ihm an den Wagen und meinte: »Wir müssen zu einem Bauernhof am Ortsrand von Walberberg, in Richtung Keldenich. Ich habe den Grund rausgefunden, warum Frau Werhaus hier auf dem Friedhof war und wer der uneheliche Sohn ist«.

Robert wollte neugierig geworden, mehr wissen, doch Thekla stieg an der Beifahrerseite ein.

»Fahr mich zu meinem Wagen und dann hinter mir her, wir fangen an, Puzzleteile zu bekommen, die wir aneinanderfügen müssen. Wir fahren nach Bornheim und treffen uns dort mit Lisa, die dort bereits auf uns wartet«.

Etwa siebzehn Minuten später fuhren sie über die Bornheimer Königstraße, vorbei an der „Bornheimer Bücherstube", die unter anderem alle Krimis von Kersten Wächtler vorrätig hatte, in Richtung des SUTI-Einkaufscenters, in dessen Tiefgarage sie ebenerdig hineinfuhren. Vor dem Suti-Center hatte sich Lisa in den Außenbereich des „EIS-WERK" gesetzt. Die reichhaltigen Sitzgelegenheiten unter aufgehängten Regenschirmen, luden zum Verweilen ein. Lisa hatte sich bereits einen Cappuccino und drei Kugeln der leckeren Eissorten Schoko, Heidelbeere und Salz-Karamell, bestellt. Als Thekla und Robert auf Lisa zugingen, fragte Thekla:

»Siehst Du hier irgendwo den Hähnchengrillwagen von Frau Schnee? Nach Auskunft der älteren Dame auf dem Friedhof, steht der immer donnerstags hier vor dem Einkaufscenter«.

Robert drehte sich nach allen Seiten um und antwortete, den Blick auf das lecker aussehende Eis von Lisa gerichtet: »nein, - sehe ich im Moment auch nicht«.

»Dann gehe bitte einmal zur Marktleitung ins Haus und frage nach, zu welchen Zeiten der Verkaufswagen normalerweise hier steht«, bat Thekla.

Roberts Blick in Theklas Augen verriet ihr, dass er sich nur schwer von dieser schönen Eisdiele trennen konnte. Dennoch schlurfte er in Richtung des Haupteingangs und verschwand im Inneren des zweistöckigen Gebäudes. Thekla indes setzte sich zu Lisa und berichtete ihr von den Erzählungen auf dem Friedhof. Als Robert zurückkehrte erklärte er, dass sich Frau Schnee heute früher bei der Marktleitung abgemeldet hatte. Sie wollte am frühen Nachmittag bereits noch zu ihrer Mutter ins Pflegeheim „Nachtigall". Robert schaute sich, nachdem er sich zu den beiden Frauen an den Tisch gesetzt hatte, die Eiskarte an, wobei ihm auffiel, dass hier auch Pizza und Pasta angeboten wurde.

»Es ist jetzt bereits später Nachmittag«, begann er in Richtung Thekla schauend, »sollen wir uns hier nicht etwas zum Abendbrot bestellen? Er zeigte demonstrativ auf die warmen Speisen der Karte. »Wir haben noch nicht mal was zum Mittagessen gehabt«.

Lächelnd willigte Thekla ein, da sie selber ebenfalls ihren knurrenden Magen wahrnahm. Nachdem die hausgemachten Speisen, die der überaus freundliche Inhaber des „EIS-WERK" selber zu den Tischen des Außenbereichs brachte, verzehrt waren, meinte Thekla: »Morgen müssen wir uns aber um Frau Beate Schnee und ihren Bruder in Walberberg kümmern. Ich möchte unbedingt die Aussagen der Beiden haben. Deshalb werden wir, am besten bereits so gegen acht Uhr in der Früh, am Wohnort der Beiden sein. Lisa, - Du fährst bitte zu Frau Schnee, - Robert und ich werden uns um Herrn Schnee, sowie Rüdiger Werhaus in Brühl, kümmern. Vielleicht ist er ja morgen wieder bei seiner Frau aufgetaucht? «

»Warum fahren wir nicht direkt bei dem Altenheim vorbei, in dem Frau Schnee seit einigen Wochen liegt? Vielleicht ist die Tochter noch dort und wir können sie gleich befragen?« meinte Robert.

»Du hast recht«, antwortete Thekla, »das Pflegeheim müsste nur wenige hundert Meter von hier entfernt sein und es sind jetzt«, Thekla schaute auf ihre Uhr, die Robert ihr letztes Weihnachten geschenkt hatte, »kurz vor achtzehn Uhr. Vielleicht kommen wir noch rechtzeitig«.

Auf dem großen Besucherparkplatz sahen sie sofort den bunten Verkaufswagen mit der Aufschrift „Hähnchenbraterei Schnee". Als Thekla und Robert den Eingang des großen, modern wirkenden Hauses betraten, kam ihnen eine, in Tränen aufgelöste Frau mittleren Alters, entgegen. »Vielleicht ist ein Sterbefall zu beklagen«, meinte Thekla zu Robert flüsternd, »solche Einrichtungen sind ja meist die letzte Station im Leben der Senioren«. An der Rezeption fragten sie nach der Station, auf der Frau Edeltraud Schnee untergebracht sei.

»Station Julia«, meinte die freundliche Dame am Empfang, nachdem sie im Computer nachgeschaut hatte, »ich weiß aber nicht, ob die schon mit dem Abendbrot durch sind? «

»Dann schauen wir einfach mal nach«, sagte Robert und ging bereits in Richtung Aufzug. Thekla erkundigte sich allerdings noch, wann denn das Abendbrot normalerweise gereicht wird?

»Normalerweise um siebzehn Uhr im Gemeinschaftsraum der jeweiligen Gruppe, - es sei denn, der Bewohner oder die Bewohnerin nehmen ihre

Mahlzeiten auf den Zimmern ein. Das ist bei uns auch möglich«.

»Dann schauen wir wirklich gerne mal nach«, antwortete Thekla und ging ebenfalls zum Aufzug, allerdings nur um Robert von dort wegzuziehen und das Treppenhaus, gleich neben dem Aufzug, zu benutzen. Sie hatten eben an dem Empfang erfahren, dass sich „Station Julia" in der ersten Etage befand. »Du willst doch nicht wirklich eine Etage mit dem Aufzug fahren? « fragte sie den verblüfft wirkenden Robert. Auf der Station Julia kam ihnen Pflegerin Ilona entgegen, die freundlich Auskunft darüber gab, dass Frau Werhaus in ihrem Zimmer sei, diese aber zurzeit Besuch von ihrer Tochter hätte. Thekla klopfte an der Türe von Frau Schnee.

»Sie scheint nicht da zu sein«, meinte Robert, nachdem sich niemand im Zimmer rührte.

Thekla öffnete die Türe einen Spalt breit und rief: »Hallo, - ist da jemand? «.

Wieder rührte sich nichts und so gingen die beiden Kripobeamten leise ins Zimmer hinein. Zunächst schauten sie auf einen kleinen Tisch der mit zwei Stühlen als Essplatz diente. Danach sahen sie ein Pflegebett, dass ordentlich mit einer Tagesdecke abgedeckt war. Von Frau Schnee jedoch sahen sie zunächst keine Spur, - bis Thekla die offenstehende Balkontüre auffiel und sie hinter der Gardine, Frau Schnee im Halbschatten erkannte. Langsam, um die Dame nicht zu erschrecken, öffnete Thekla die Balkontüre und fragte in vorsichtigem Tonfall: »Guten Tag, entschuldigen Sie, sind Sie Frau Schnee? «

Die ältere Dame, die auf einem typischen Balkonstuhl aus weißem Kunststoff saß, schaute hoch und meinte freundlich: »Ja, bitte, und wer sind Sie? « Dann erst sah sie Robert, der sich hinter Thekla stellte. Frau Schnee erschrak und wollte um Hilfe schreien, jedoch gelang es Thekla sofort, die Frau zu beruhigen. Sie zeigte den Dienstausweis und meinte: »Wir sind von der Polizei und würden gerne Ihre Tochter als Zeugin in einer wichtigen Angelegenheit befragen. Uns ist gesagt worden, Ihre Tochter sei hier bei Ihnen. «

»Ach so, - Sie sind wegen dem geldgierigen Luder hier«, meinte Frau Schnee und winkte mit der rechten Hand durch die Luft. »Die war eben hier und ist nach kurzer Zeit wieder heulend aus der Tür rausgerannt«, Sie zeigte in Richtung der Zimmertüre, »Beinahe hatte sie noch meine Zimmernachbarin, die Henriette umgerannt. Das Miststück braucht so schnell nicht wieder herkommen«. Frau Schnee schien sehr aufgeregt zu sein.

»Was ist denn passiert, dass Ihre Tochter weinend hier rausgelaufen ist? « fragte Thekla. »ist sie so traurig darüber, dass Sie jetzt hier leben? «

»Die? Traurig? Die hat doch mit meinem Sohn gemeinsam veranlasst, dass ich von zu Hause abgeschoben wurde und nun hier unter den Alten leben muss. Nein, - traurig war die nicht. Die wollte fünfzigtausend Euro von mir für ihren angeschlagenen Betrieb. Angeblich würde niemand mehr gebratene Hähnchen und gegrillte Haxen essen. Jetzt sieht sie mal, wo es hinführt, wenn man sich von zu Hause abnabelt und seinen eigenen Weg, gegen den Rat der Mutter, gehen will. Soll sie sehen wie sie klar kommt, - von mir gibt es nichts«.

»Fünfzigtausend Euro? « fragte Robert erstaunt nach.

Frau Schnee wechselte die Blickrichtung von Thekla zu Robert. »Ja, stellen Sie sich vor, - jetzt auf einmal kommen sie alle und wollen Geld, bevor es in andere Hände fällt«.

»Andere Hände?« fragte Thekla verwundert.

»Ja«, bestätigte die ältere Dame kopfnickend, »jetzt wo das Testament ihres Vaters gefunden wurde«. Frau Schnee riss die Augen weit auf und verstummte. Es war, als hätte sie etwas gesagt, was sie nicht hätte sagen dürfen, - schon gar nicht gegenüber der Polizei.

»Ein Testament? « fragte Thekla interessiert nach.

Frau Schnee verdeckte ihr Gesicht mit beiden Händen, ehe sie wehleidig sagte: »Ach wissen Sie, mir geht es gerade gar nicht gut«, sie griff nach einem Glas Wasser, welches auf einem seitlich stehenden kleinen Balkontisch stand, dann griff sie sich an die Brust und stöhnte, »holen Sie bitte die Pflegerin. Ich brauche jetzt unbedingt Ruhe. Wegen alles anderem wenden Sie sich doch bitte an meinen Sohn. Der sitzt ja jetzt im „gemachten Nest" und will mich entmündigen lassen. Soll der sich auch um alles andere kümmern«. Frau Schnee fuchtelte theatralisch mit beiden Händen hoch in der Luft. »Holen Sie jetzt die Pflegerin!« rief sie.

Robert eilte zur geschlossenen Zimmertüre, riss diese auf und rief auf den Flur der Station: »Hallo? Wir brauchen hier dringend Hilfe! «

Die Pflegerin Ilona kam aus dem Schwesternzimmer geeilt. »Was ist denn? « rief sie Robert entgegen.

»Frau Schnee!« rief Robert und zeigte in das Zimmer, in das Thekla die ältere Dame vom warmen Balkon, ins Zimmer gebracht hatte.

»Bitte verlassen Sie das Zimmer«, meinte Ilona, schloss die Türe hinter den Kriminalbeamten und kümmerte sich nun um die Heimbewohnerin.

»Was mag das nur für ein Testament sein? «, fragte Robert, als er mit Thekla die Treppe ins Erdgeschoss herunter ging.

»Das werden wir morgen den Sohn fragen«, antwortete Thekla, »und auch, was es mit dem Besuch von seiner Schwester hier auf sich hatte. Frau Schnee schien doch sehr aufgebracht zu sein«.

»Oder sie ist eine gute Schauspielerin, die den jetzigen Aufenthalt hier im Pflegeheim nutzt, um sich an den Kindern dafür zu rächen, dass sie, wie sie meint, „abgeschoben" wurde«, meinte Robert.

»Das kriegen wir morgen schon raus, - nun freue ich mich auf den Feierabend«, sagte Thekla.

*

»Möglicherweise lag es an den Doraden, die meine Frau kurz vor dem Grillen, im Supermarkt bei uns um die Ecke, gekauft hatte. Es geht uns aber ein wenig besser und ich werde morgen wieder zum Dienst erscheinen«. Peter Ludwig hatte am frühen Abend auf Theklas Handy angerufen. Sybille hat es wohl schlimmer erwischt«, meinte er, »sie musste über Nacht zur Beobachtung im Krankenhaus bleiben, nachdem man ihr den Magen ausgepumpt hatte. Jetzt soll sie noch ein paar Tage zu Hause bleiben. Tut mir echt Leid, dass es auf meinem Grillabend passiert ist«.

»Aber Kollege«, antwortete Thekla, »Du kannst doch nichts dafür. Mach Dir keine Gedanken darüber, - Hauptsache ist doch, dass Ihr die Sache gut überstanden habt. Fühlst Du Dich denn wirklich fit genug, um morgen Deinen Dienst wieder anzutreten? «

»Na klar, - treffen wir uns im Präsidium? « fragte Peter.

»Wir müssen morgen früh recht zeitig in Walberberg sein um Herrn Karl Schnee, und dessen Schwester Beate zu befragen. Außerdem wollen wir nach Brühl, zu Herrn Rüdiger Werhaus, einem der Söhne von der Toten. Auch steht die Frage im Raum, was es mit einem gefundenen Testament auf sich hat, welches recht fragwürdig erscheint. Möglicherweise besteht da irgendein Zusammenhang mit dem Friedhofsmord? «

»Dann ist es ja gut, dass ich wieder zu Euch stoße«, meinte Peter.

»Nun ja«, antwortete Thekla, »es gibt viel zu recherchieren. Wir treffen uns um acht Uhr im Präsidium. Lisa ist auch bereits um diese Uhrzeit dort. Bis morgen also«.

»Alles klar, - bis morgen«, antwortete Peter und beendete das Gespräch.

Thekla drehte sich in der Küche des kleinen Hauses, welches sie bereits vor ein paar Jahren angemietet hatte, um und schaute zu Robert. »Peter kommt morgen wieder«, meinte sie erleichtert, doch als sie sah, dass Robert Tränen über seine Wange liefen, rief sie erschrocken: »Was ist passiert, an was musst Du gerade denken, dass Du weinst? «

Robert schaute Thekla tief in die Augen, bevor er zu lächeln begann und auf die Arbeitsplatte zeigte. Er hatte gerade Zwiebeln geschält, um diese zu rösten und auf die in der Pfanne befindlichen Steaks, als Beilage, zu legen.

Thekla lachte laut los. »Und ich dachte, es sei etwas passiert«.

*

Pünktlich um acht Uhr am nächsten Morgen, trafen sich die vier Kollegen der Dienstgruppe II im

Besprechungsraum des Siegburger Polizeipräsidiums an der Frankfurter Straße. Lisa und Thekla brachten Peter auf den neuesten Stand der Dinge, während Robert bei den Kollegen der anderen Dienstgruppe ein paar Tassen Kaffee besorgte. »Unsere „Gute Seele" der Abteilung ist leider krankgeschrieben. Können wir …?« dabei zeigte er auf die volle Kaffeemaschine der Kollegen, in der Nachbarabteilung.

Der Leiter der Dienstgruppe I, Julius Bremer, lächelte Robert breit an, als er sagte: »Ich habe schon gehört, dass Sybille nicht da ist. Du hast wohl Deine Kochkünste ausprobieren wollen und dabei hat sie sich…«

»Ganz dünnes Eis, Herr Kollege. Es waren nicht meine Kochkünste. Können wir uns Kaffee ausborgen oder muss ich …?«

»Nimm schon«, meinte Julius, »es geht doch nichts über dienstgruppenübergreifende Hilfe«

»Danke«, meinte Robert, als er vier Tassen eingeschenkt hatte, um diese in den Besprechungsraum zu bringen. Dort wurde er von Thekla mit den Worten: »Dafür haben wir jetzt keine Zeit mehr« empfangen. Er stellte die Tassen auf den Tisch und wurde von Thekla zur Türe herausgeschoben. Lisa und Peter folgten.

Lisa nahm mit Peter gemeinsam einen Dienstwagen.
Robert fuhr mit Thekla in ihrem Twingo. »Wie gehen wir
denn jetzt vor? « wollte Robert wissen, als Thekla über
die Bonner Straße in Richtung Autobahn fuhr.

»Lisa und Robert fahren nun zunächst nach
Trippelsdorf zu Ludger Werhaus, der dort bei seiner Tante
ein paar Tage wohnen will, nachdem bei ihm zu Hause ein
Fremder eingedrungen war. Danach fahren sie nach
Walberberg und ziehen Erkundigungen in einem Geschäft
ein, dass bei meinen gestrigen Befragungen der
Walberberger Bürger als „Allesladen" bezeichnet wurde«.

»Allesladen? « fragte Robert, »was ist das denn? «

»Das fragte ich auch, nachdem ich die Bezeichnung
gehört hatte, aber man sagte mir, in dem kleinen Laden,
gleich neben dem Landhaus Wieler, in dem wir essen
waren, gäbe es alles zu kaufen was man so bräuchte.
Sollte der Ladenbesitzer einmal etwas nicht haben, so
besorge er es sofort und maximal zwei Tage später hätte
er es im Sortiment. Man würde eben Alles dort
bekommen. Deswegen hätte der Laden unter den
Einheimischen den Namen „Allesladen" bekommen«.

»Und wo fahren wir zuerst hin? «

71

»Wir schauen, ob wir den Karl Schnee antreffen oder zu ihm auf irgendein Feld müssen, auf dem er eventuell schon arbeitet«.

Robert schaute durch die Seitenscheibe in den Himmel und sah riesige Gewitterwolken. »Bei dem Wetter fährt der gewiss nicht aufs Feld«, meinte er.

»Oder gerade deshalb, weil eventuell Regen kommt« antwortete Thekla, »denk an die Heuernte«.

Die Fahrt über Sechtem und Merten nach Walberberg verlief ohne Zwischenfälle. Als der grüne Twingo auf den Hof der Familie Schnee fuhr, kam Karl Schnee gerade aus dem Geräteschuppen, in dem er den Heuwender untergestellt hatte, mit dem er bereits vor zwei Stunden das Heu, welches er eventuell am Nachmittag einfahren wollte, gewendet hatte.

»Herr Karl Schnee? « fragte Thekla, als sie den Mann erreicht hatten, »Kriminalpolizei Siegburg, Thekla Sommer, - dass hier ist mein Kollege Robert Hanf«.

Der Mann schaute grimmig zu den Kripobeamten.

»Ja, - das bin ich, - worum geht es? «

72

»Im Zuge unserer Ermittlungen in einem Mordfall in Walberberg ist Ihr Name gefallen. Wir würden Sie gerne als möglichen Hinweisgeber befragen«, sagte Thekla.

»Hinweisgeber?«, meinte der breitschultrige Mann, der so etwa Mitte vierzig sein konnte, »ich gebe keine Hinweise und schon gar nicht an Leute, die nicht von hier sind. Wieso kommen nicht die Männer von der Bornheimer Wache? Die kenne ich alle von den Volksfesten hier im Umkreis«.

Robert, der einen Schritt hinter Thekla stand, stellte sich nun breitbeinig halb vor Thekla und hob sein Kinn. Damit wollte er sich der Körpergröße des etwa einen halben Kopf größerem Mann annähern. Er spannte seine Schultern nach hinten und meinte mit hartem Unterton:

»Also hören Sie mal, entweder Sie werden uns jetzt die Auskünfte erteilen, um die wir Sie gebeten haben, oder …«

»Oder …? « fragte Herr Schnee, der sich nun ebenfalls in voller Größe aufgerichtet hatte und die Schultern nach hinten spannte, was Robert gegen eine breite Männerbrust blicken ließ.

Thekla fand die Situation beinahe eskalierend, wobei sie die beiden Männer in ihrem Imponiergehabe auch wieder etwas belustigend fand und sie an Kinder in einem Kindergarten erinnerte, den sie vor einigen Monaten mit ihrer Freundin besucht hatte, um deren Kinder abzuholen. Schnell fragte sie, um die Situation zu entschärfen und keine Handgreiflichkeiten entstehen zu lassen:

»Herr Schnee, - möchten Sie lieber zu einer Befragung in unser Polizeipräsidium nach Siegburg kommen? Wie mir scheint, zieht Regen auf und Sie haben sicherlich noch viel vorzubereiten, bevor Sie mit der Heuernte starten, - aber, - ganz wie Sie wollen. Hier ist meine Karte, - kommen Sie morgen früh in mein Büro. Wir werden Sie dann dort befragen«. Thekla reichte ihm ihre polizeiliche Visitenkarte, auf der die Anschrift des Präsidiums vermerkt war. Karl Schnee ließ seine Schultern wieder sinken und atmete, die tief eingezogene Luft aus, was seinen Brustkorb wieder auf Normalumfang brachte. Die ihm gereichte Karte, nahm er nicht an und meinte, nun wieder in normalem Ton:

»Was möchten Sie denn wissen? «

»In Walberberg ist vorgestern Frau Agnes Werhaus mit einem Hammer erschlagen aufgefunden worden. Wissen Sie davon und wenn ja, was können Sie uns dazu sagen? « fragte Thekla.

Karl Schnee nickte, als er sagte: »Ich habe davon gehört, ist ja ein Dorf hier, da macht so etwas schnell die Runde. Dazu sagen kann ich allerdings nichts«.

Thekla fragte weiter: »Wir waren gestern noch im Rahmen unserer Ermittlungen, bei Ihrer Mutter im Pflegeheim. Wir wollten dort Ihre Schwester befragen, die sich bei ihrer Mutter aufgehalten hatte. Leider konnten wir sie nicht mehr antreffen, aber Ihre Mutter erzählte etwas von einem Testament. Nun fragen wir uns, ob dieses Testament irgendwie im Zusammenhang mit dem Tod von Frau Werhaus zu bringen ist. Können Sie uns sagen, um was für ein Testament es sich da handelt? «

Karl senkte den Blick, wobei er langsam zu nicken begann. »Also, - das Testament ist ein Testament meines Vaters, der vor einigen Jahren gestorben ist. Ein Testament wurde damals nicht gefunden, - also trat die gesetzliche Erbreihenfolge ein, wonach meine Mutter alles erbte. Wir Kinder lebten ja noch hier im Haus, also haben wir zunächst nichts bekommen. Das ist bei uns auf dem Land ein ungeschriebenes Gesetz. Mutter wollte allerdings zum Andenken an meinen Vater das Büro, welches sich im ersten Stock befand, so erhalten wie es war, mit den alten Möbeln und dem alten Schreibtisch. Nach vielen Diskussionen hatte Mutter endlich nachgegeben und den Raum zur Renovierung freigegeben, da ich diesen als mein Büro nutzen wollte.

Zwei meiner Freunde, - der Alois von nebenan«, er zeigte mit der linken Hand zum Nachbarhaus, »und der Siegfried, ein Schreiner aus Sechtem, hatten mir geholfen, die alten Möbel herunterzutragen und auf einen Anhänger zu verstauen. Siegfried wollte die Möbel aufbereiten und in seinem Geschäft verkaufen. Beim Aufladen auf den Hänger verkantete sich der etwa einhundert Jahre alte Schreibtisch so, dass ein Geheimfach unterhalb der Schreibtischschublade zum Vorschein kam. In dieser Schublade fanden wir ein Testament meines Vaters. Leider machte ich den Fehler und öffnete es noch im Beisein von Alois und Siegfried«

»Leider?« fragte Robert.

Karl Schnee presste die Lippen aufeinander, - dann sagte er: »Ja, - leider. In dem Testament stand, dass sein gesamtes Vermögen, sowie der Hof und die Ländereien aufgeteilt werden sollen. Beate und ich sollten mit den Pflichtteilen abgespeist werden und der Rest sollte zwischen meiner Mutter und Agnes Werhaus, sowie dem leiblichen Sohn von ihm und ihr, dem Ludger, geteilt werden«.

»Dann war Ihr Vater auch der Vater des unehelichen Ludger Werhaus? « fragte Thekla nach.

»So wie es in dem Testament steht, ist er das wahrscheinlich auch«, meinte Karl Schnee leise. Das Dumme war jetzt, dass Alois und Siegfried davon wussten und das Testament nicht einfach beiseite geschafft werden konnte. Wir übergaben das Testament an Mutter, die es sofort vernichten wollte. Sie sagte: »Wenn kein Testament da ist, kann auch kein Testament verlesen werden« und wollte es zerreißen. Alois jedoch, nahm das Schriftstück schnell an sich und sagte, er wolle es einem Notar hier im Ort übergeben. Schließlich würde es sich, um den offiziellen „letzten Willen" eines Menschen handeln, den er selber lange Jahre gekannt hätte.

»Wo ist das Testament jetzt? « wollte Robert wissen.

»Das liegt im Original beim Notar. Eine Kopie haben wir alle nach der Verlesung ausgehändigt bekommen«

»Wer ist „wir alle"? « fragte Thekla.

»Mutter, Beate, ich und Agnes Werhaus«, antwortete Karl.

»Wann war die notarielle Verlesung? « wollte Thekla wissen.

»Anfang letzter Woche, - aber Mutter hatte direkt ein Veto eingelegt. Sie meinte, die „alte Schlampe und deren Bastard würden nichts von dem Geld bekommen«.

»Wie bitte? « meinte Robert, »es handelt sich schließlich um ein Testament«.

Karl Schnee schaute zunächst Robert und dann Thekla an. »Meine Mutter leidet an Demenz, - da ist im Kopf leider manches realitätsfremd«, sagte er fast verzweifelt.

»Und wieso war Ihre Schwester gestern bei Ihrer Mutter und hat um fünfzigtausend Euro gebeten? Sie erbt doch jetzt sicherlich einen nicht unerheblichen Betrag«, wollte Thekla wissen.

»Ich vermute, Beate drücken die Schulden, die sie durch die Hähnchenbraterei hat, so sehr, dass sie es nicht abwarten kann, bis die Sache endlich gerichtlich entschieden wird. Sie müssen wissen«, sprach Karl nun wie ein Wasserfall, »hier in Deutschland ist die Anfechtung eines Testaments möglich. Aber bis zur richterlichen Urteilsfällung, auch wenn von vornherein nichts an dem letzten Willen gerüttelt werden kann, ist das Testament nicht durchsetzbar«.

Zu Roberts Erstaunen meinte Thekla: »Vielen Dank, Herr Schnee, für die aufschlussreiche Schilderung der

Umstände zu dem Testament. Wenn wir Ihre Hilfe noch brauchen, kommen wir noch einmal auf Sie zurück«, Thekla schaute in Richtung Himmel, »bis dahin wünsche ich Ihnen, dass Sie Ihr Heu noch im Trockenen reinholen können«. Sie drehte sich um und ging zu ihrem Auto. Robert folgte ihr, sehr verwundert darüber, dass Thekla die Befragung so abrupt beendet hatte. Nachdem er die Beifahrertüre des Twingos geschlossen und sich noch nicht angeschnallt hatte, drehte er sich zu Thekla und fragte:

»Musst Du dringend zur Toilette und wolltest nicht auf das Plumpsklo in dem Bauernhof? Der hat bestimmt auch ein modernes Bad mit Wasserspülung. Oder warum hast Du es auf einmal so eilig? «

Thekla konnte sich nicht ernst halten und prustete los. Manchmal luden die lustigen Sprüche, die Robert oft total ernst herausbrachte, einfach zum herzhaften Lachen ein.

»Wir haben einen Mord aufzuklären, - und der«, Thekla zeigte mit dem Daumen ihrer Hand über ihre rechte Schulter, »hat die alte Frau bestimmt nicht umgebracht. Der Umstand, dass er im Beisein von Freunden das Testament gefunden hat, macht ihn doch zwangsläufig zum Hauptverdächtigen. Es geht schließlich um Geld, was er nun mit einer ihm fremden Frau teilen muss. Das weiß er ganz genau und glaube mir, - der Kerl weiß ganz genau Bescheid darüber, dass er kein Mittel gegen das Testament seines Vaters in der Hand hat, - schon gar kein „Gewaltmittel". Und außerdem, - der hat im Moment viel zu viel zu tun mit seiner Heuernte. Der hat gar keine Zeit, sich morgens auf den Weg zu machen und Frau Werhaus am Friedhof aufzulauern. Wir fahren jetzt nach Brühl, um den zweiten Sohn der Toten zu befragen, Rüdiger Werhaus und wo er sich die letzten Tage aufgehalten hat«.

In dem Moment, als Thekla den Wagen starten wollte, klingelte ihr Handy. „Peter Ludwig" las Thekla auf dem Display, bevor sie das Gespräch mit: »Hallo Peter«, annahm.

»Hallo Thekla, wir haben hier in Trippelsdorf, Ungeheuerliches erfahren und wir glauben, ein handfestes Mordmotiv gefunden zu haben«, erzählte Peter, der mit Lisa bei der Tante von Ludger Werhaus recherchierte, »die Tante erzählte uns, mehr beiläufig, dass ihre Schwester Agnes nun gar nichts mehr von der schönen Nachricht hatte, die sie vor knapp zwei Wochen erhalten hatte. Agnes Werhaus war in einem Testament bedacht worden, von dem Mann, von dem sie vor etwa sechzig Jahren entjungfert wurde und der, der Vater von Ludger Werhaus war«.

Thekla unterbrach Peter in seinem Redeschwall, der glücklich war, auf eine anscheinend erste Spur gestoßen zu sein. »Peter, - das gleiche haben wir gerade ebenfalls erfahren und noch einige Einzelheiten zu dem Testament hinzu. Am besten dürfte es sein, wir treffen uns zu einem Austausch der Informationen, bevor wir in weitere Richtungen, nun konkreter ermitteln. Wo seid Ihr jetzt genau? «

»Wir verlassen gerade Trippelsdorf in Richtung der Bonn-Brühler Straße«, antwortete Peter.

»Dann treffen wir uns am besten im „Café Trebellii"«, schlug Thekla vor.

»Das trifft sich gut, da fahren wir gerade dran vorbei«, antwortete Peter. Thekla hörte noch, wie Peter zu Lisa sagte: »Stopp, - fahr zehn Meter zurück. Wir gehen Eis essen«. Danach beendete Peter die Verbindung.

*

Thekla hatte sich der Besitzerin des Cafés als Kommissarin zu erkennen gegeben und bat darum, nicht auf der Terrasse Kaffee und Eis zu sich zu nehmen, sondern fragte nach einer Möglichkeit, einen Raum für eine Besprechung zu Verfügung gestellt zu bekommen. Die Inhaberin des Cafés schaute sich den Dienstausweis an und erkannte unter der Jacke von Robert das Schulterholster mit seiner Dienstwaffe, als sich die Jacke einen Moment öffnete, da er von seinem Stuhl wieder aufstand, auf dem er bereits Platz genommen hatte und voller Vorfreude in der Eiskarte blätterte.

»Selbstverständlich«, meinte die Chefin des Cafés und bat die Kriminalbeamten herein, »dort hinten rechts sind sie ungestört. Sie können die Schiebetüre gerne schließen. Nachdem die Bedienung die bestellten Sachen in den Raum gebracht hatte und Robert sich sofort einen Löffel schnappte und sich über sein „Spaghetti-Eis" hermachte, fing Thekla an zu erzählen. Auch Lisa und Peter berichteten von den Erzählungen der Schwester der Toten. Was sie dabei beobachteten war, dass sich Ludger Werhaus unbeteiligt in einem anderen Zimmer damit beschäftigte, sich im Internet nach Wohnraum mit „gehobener Ausstattung" im Raum Bornheim, zu informieren. Als seine Tante bemerkte,, dass dies den Beamten aufgefallen war, meinte sie: »Ludger will in dem alten Haus nicht mehr wohnen bleiben. Er will das Haus verkaufen und mit dem Erlös und dem, was er nun erben wird, in ein modernes Haus ziehen. Ich finde, - er hat Recht. All die Jahre im Ungewissen zu sein, wer sein leiblicher Vater ist, hat sehr an seiner Psyche genagt. Soll er nun ruhig die Früchte seines Leidens ernten«.

»Wie jetzt? Die Früchte seines Leidens? « nuschelte Robert zwischen zwei Löffeln Eis.

»Das fragten wir uns auch«, sagte Lisa, die gerade ihre Tasse mit Cappuccino abstellte, aus der sie gerade getrunken hatte, »wir kamen aber nicht mehr dazu dies näher zu hinterfragen, da die Frau, Besuch von Nachbarn aus dem Dorf erhielt. Die Nachbarn wollten sich nach dem Befinden erkundigen, nach der Todesnachricht über ihre Schwester Agnes Werhaus, was sich im Dorf in Windeseile herumgesprochen hatte.

»Lasst uns mal zusammenfassen. Da taucht ein Testament auf, dass von der hinterbliebenen Familie nicht mehr vernichtet werden kann, da es „unter Zeugen" gefunden wurde und diese nun Kenntnis davon haben. Wer alles könnte nun ein Interesse daran haben, dass dieses Testament nicht vollstreckt werden kann, da Teile der Erben nicht mehr leben?« Thekla schaute, nach der Fragestellung, in die Runde der Kollegen.

»Da sind zum einen die beiden Kinder von Frau Schnee, Karl und Beate, die um eine Schmälerung des Erbes fürchten«, begannen Lisas ausgesprochene Überlegungen, »aber auch Frau Schnee selber könnte ein starkes Motiv haben, da sie zum einen, das Erbe nicht mehr teilen möchte, - schon gar nicht mit der Frau, die ihr Ehemann wohl die ganze Zeit nicht vergessen konnte.

Warum sonst hätte er sie und den gemeinsamen Sohn im Testament bedenken sollen? «

»Aber Frau Schnee können wir, obwohl sie ein starkes Motiv hat, als Täterin ausschließen. Schließlich ist sie in einem Pflegeheim in Bornheim untergebracht«, meinte Peter, der gerade seine drei Eiskugeln der Sorte „Karamell-Salz" verspeist hatte.

»Wie sieht es mit Beate Schnee aus? « fragte nun Robert, »anscheinend steckt sie in großen finanziellen Schwierigkeiten. Wir hatten sie anscheinend nur ganz kurz verpasst, als sie von ihrer Mutter kam, die sie gerade vorher um fünfzigtausend Euro angepumpt hatte. Auch sie hat ein großes Interesse daran, von dem Erbe nicht nur einen Bruchteil zu bekommen und dagegen andere, für sie vollkommen fremde Menschen, so richtig absahnen.«

»Genau«, meinte Peter, »aber auch ihr Bruder, der Karl, hätte aus dem gleichen Grund ein Motiv. Er hat doch sicherlich nicht nur auf den Vater im Nachhinein einen Groll, sondern auch auf Frau Werhaus und ihren Sohn Ludger. Er muss die Tat ja nicht selber begangen, sondern sie in Auftrag gegeben haben«.

»Diese Möglichkeit trifft aber dann auch auf Beate Schnee zu«, stimmte Robert der Überlegung zu.

»Lasst uns mal bei dem Tatmotiv „Habgier" bleiben«, meinte Thekla, die in ihren Überlegungen bereits einen Schritt weiter war. »Der uneheliche Sohn Ludger erfährt plötzlich, wer sein leiblicher Vater war. Was geht in diesem, inzwischen sechzigjährigen Mann vor? Ich denke, da ist doch nicht nur Freude über einen unerwarteten Geldsegen eines Mannes, der, wie sich jetzt herausstellte, sein Vater war. Da ist doch nun auch möglicherweise eine gewisse Art von Groll, die sich vielleicht mit einem Hauch Hass vereinte. Hatte er vielleicht in den ersten Jahren seiner Kindheit unter den Blicken und dem Getuschel hier im Dorf gelitten, als Junge, dessen richtiger Vater nicht genannt wurde, missachtet worden zu sein? Hatte er eventuell dadurch eine versteckte psychische Störung in Form einer „larvierten Depression", die ihn nun dazu brachte zu glauben, ihm würde der Erbanteil alleine zustehen? «

Robert machte große Augen, als er Thekla fragte: »Du meinst, er könnte seine Mutter aus Rache für eine unterschwellige Depression, sowie aus Habgier, erschlagen haben? «

»Wir erfahren immer wieder, dass man einem Menschen vor den Kopf, aber nie hinein sehen kann« antwortete Thekla.

»Dazu könnte passen, dass wir ihn heute dabei gesehen haben, wie er sich hochpreisige Häuser im Internet angeschaut hat. Vielleicht will er sich nun seine vermeintlich verkorkste Kindheit mit dem „neuen Reichtum" versüßen? « warf Peter ein.

Lisa wiederum bemerkte: »Wenn wir in diese Richtung denken, - was ist dann mit dem Bruder von Ludger, - diesem Rüdiger Werhaus? Wissen wir Näheres über ihn? Er ist doch seit dem Tag des Mordes verschwunden, - oder ist er wieder aufgetaucht? «

Thekla zuckte mit den Schultern. »Wir wollten eben, nach dem Besuch auf dem Hof der Familie Schnee, gerade als Ihr anrieft, dort hinfahren. Dies holen wir jetzt im Anschluss an diesen Informationsaustausch noch nach. Fahrt Ihr Zwei«, Thekla schaute zu Lisa und Peter, »doch noch mal zu Frau Schnee ins Pflegeheim und versucht behutsam noch einige Informationen zu bekommen. Vielleicht ist die Frau zu Euch Beiden aufgeschlossener als zu uns. Aber bitte, - packt Euer Feingefühl aus«. Thekla lächelte über sich selber. Diese Formulierung hatte sie noch nie bei einer Aufgabenverteilung benutzt, doch in Anbetracht der Umstände, dass diese Frau selber erst noch mit den neuen Lebensumständen vertraut werden musste, war es nicht leicht, über ihr wahres „Innenleben" etwas zu erfahren.

Thekla stand auf, da sie der Meinung war, dass alles gesagt war, um die Besprechung zu beenden. Schließlich schien der Fall noch lange nicht abgeschlossen zu sein. »Das hier«, Thekla kreiste mit dem ausgestreckten Zeigefinger ihrer rechten Hand über die Tassen und die Eisschalen, die auf dem Tisch standen, »geht auf mich. Es war ja eine dienstliche Besprechung«. Dabei zwinkerte sie mit dem linken Auge den Kollegen zu. Nachdem die Rechnung bezahlt war und sie gerade das Café verlassen hatten und nun in dem grellen Sonnenschein standen, meinte Robert:

»Die Regenwolken sind weggezogen. Zu Herrn Schnee brauchen wir nun zur weiteren Befragung nicht zu fahren. Der ist sicherlich froh, sein Heu trocken ins Lager gebracht zu haben«.

Thekla nickte und wollte ihren Plan, den zweiten Sohn der Toten, Rüdiger Werhaus, aufzusuchen in die Tat umsetzen, als ihr Telefon klingelte.

»Fred?«, fragte sie ungläubig, als sie aufs Display schaute. Alfred Bollenkamp, der von allen nur liebevoll „Fred" genannt wurde, war Leiter der drei Teams, der Mordkommission Siegburg und rief eigentlich nie während der Ermittlungen an. Thekla nahm das Gespräch an: »Hallo Fred, was gibt es? «

»Wir haben gerade eine Mitteilung der Kollegen der Bornheimer Dienststelle bekommen. Friedhofsmitarbeiter haben eben bei Beschnitt Arbeiten der Büsche auf dem Walberberger Friedhof in einem Gebüsch, unweit der dortigen Friedhofsabgrenzung zum öffentlichen Bereich, einen blutverschmierten Hammer mit Anhaftungen von Haaren, gefunden. Die Kollegen haben schnell geschaltet und einen möglichen Zusammenhang zu dem Mord an Agnes Werhaus in Betracht gezogen. Könnt Ihr dort vorbeifahren und abchecken, ob ich die Spurensicherung rausschicken soll? Vielleicht handelt es sich ja auch um die Sicherstellung des Mordwerkzeuges ohne weitere Spuren in der Umgebung. Das könntet Ihr dann übernehmen«.

»Klar, - das übernehmen wir. Wir sind sowieso ganz in der Nähe und werden in etwa fünf Minuten am Friedhof sein«, meinte Thekla, die in ihrer langjährigen Laufbahn als Kriminalkommissarin gelernt hatte, dass der Austausch an Informationen via Telefon immer kurz, knapp und präzise erfolgte. Anders als ihre Gespräche mit den Freundinnen, wie zum Beispiel ihrer alten Schulfreundin Sylvia, die sich oft bis zu einer Stunde über neue Bekanntschaften ausließ, die sie gemacht hatte. Sylvia hatte sich kurz nach ihrem Abitur als lesbisch geoutet, woraufhin sich viele ihrer Freundinnen und Freunde von ihr abwendeten. Auch als eine „Scheinehe", die sie eingegangen war, um nach außen hin ihre

Neigungen zu verbergen, zerbrochen war, hielt Thekla
weiterhin zu Sylvia.

»Was gibt es denn?« unterbrach Robert den kurzen
Gedankengang, in dem sich Thekla befand. Diese zuckte
mit dem Kopf in Richtung der Kollegen, die neugierig auf
die neuen Informationen warteten.

Thekla gab die erhaltenen Infos weiter und setzte sich
in ihr Auto. »Wir fahren jetzt erst dorthin und sichern das
gefundene Objekt. Die Kollegen der Bornheimer Wache
können es danach zur Untersuchung in die Siegburger
KTU bringen. Ich denke, - es ist ein weiterer Puzzlestein,
der auf den Weg zum Täter führt«, sagte sie.

*

Bernd Lay, Davids Vater, bei dem David seit etwas
über einem Jahr wohnte, nachdem er bei Thekla
ausgezogen war, schnibbelte in seiner Küche einige
Zwiebeln, die er zum Anbraten für das Gulasch brauchte,
das er zubereiten wollte. Er war sehr in Gedanken
versunken, - in Gedanken an seine Freundin Doris
Kaminski, wegen der er damals Thekla verlassen hatte.
Der oft zeitraubende Job bei der Kriminalpolizei hatte die
langjährige Beziehung der Beiden zu einem Punkt
gebracht, an dem sie sich entfremdet hatten. Als Bernd
dann in seiner selbständigen Tätigkeit als Malermeister

seine Kundin Doris Kaminski näher kennenlernte, entschloss er sich, Thekla und seinen Sohn David zu verlassen und in den Nachbarort Kaldauen zu ziehen. Siegburg-Kaldauen auch wohl sicherlich deshalb, weil dort, in einer Parallelstraße der neuen Bleibe, seine damals neue Flamme mit ihrer Tochter Jana wohnte. Jana war dann auch sicherlich ein Beweggrund für David, nachdem sein Vater bereits etwa sechs Monate von zu Hause ausgezogen war, ebenfalls von Siegburg-Stallberg nach Kaldauen zu ziehen. Kurze Zeit später wurden dann David und Jana, die in die gleiche Klasse eines Siegburger Gymnasiums gingen, ebenfalls ein Liebespaar. Als es an der Haustüre klingelte, wurde Bernd aus seinem Tagtraum gerissen und erschrocken drehte er sich um, um zur Türe zu eilen, da die Klingel bereits ein zweites Mal betätigt wurde. Dabei stieß Bernd mit seinem Kopf gegen die offenstehende Türe des Hängeschrankes.

»Aua, - verdammt nochmal! « rief er laut, während er seine flache Hand gegen die Stelle des Kopfes drückte, die sehr schmerzte. Als er die Haustüre öffnete und David mit seiner Freundin davor stehend sah, fragte er, seinen Kopfschmerz unterdrückend: »Hast Du keinen Hausschlüssel? «

»Natürlich habe ich einen Hausschlüssel«, meinte David, »aber der ist in meinem Zimmer. Hast Du noch nie etwas vergessen? «

»Und wenn ich nicht zu Hause gewesen wäre? «

»Dann wären wir zu mir gegangen«, lächelte Jana, die eine aufkeimende Missstimmung unterdrücken wollte.

»Kommt rein, Ihr könnt mir bei den Vorbereitungen zum Abendessen helfen. Doris kommt auch gleich, - es gibt Gulasch«, sagte Davids Vater, der immer noch seinen Kopf haltend, in Richtung Küche ging.

Jana und David setzten sich an den Esszimmertisch, der in der „offenen Küche", verbunden mit dem Esszimmer, stand.

»Hör mal Bernd«, begann David stockend;»Jana und ich machen doch nächstes Jahr unser Abi, und wir haben vor einigen Wochen mit Euch besprochen, dass Jana gerne Psychologie studieren möchte und ich hatte den Wunsch Theologie zu studieren, um Gottes Existenz den Menschen näher zu bringen und sie auf den richtigen Weg, hin zu einem harmonischen, friedvollen und liebevollen Miteinander, zu bringen. Am Schluss unseres damaligen Gespräches war ich dann doch hin und her gerissen, wobei Eure Argumentation, der Gerechtigkeit dienen zu mögen anstelle von Gewaltprävention durch das Verkünden „Gottes Wortes", den rationalen Teil meines Kopfes erreichte und ich von der Theologie, Euren Argumenten folgend, Abstand genommen hatte.«

Bernd Lay, der das Gulasch in den Bräter, zu den angerösteten Zwiebeln gegeben hatte und den Deckel schloss, trocknete seine Hände ab, die er am Spülbecken gewaschen hatte. Er drehte sich nun um, lehnte sich mit seinem Hinterteil gegen die Arbeitsplatte der Küchenzeile und verschränkte die Arme vor seiner Brust. Er spürte, dass sein Sohn etwas auf dem Herzen hatte, was er nur schwer über seine Lippen bekam, da er sehr herumdruckste. David hatte seine Unterarme mit zusammengefalteten Händen, vor sich auf dem Esstisch liegen. Die Worte, die er in seinem Kopf bereits zusammensortiert hatte, wollten nicht aus seinem Mund. Den Blick auf seine Hände gerichtet wiegte er den Kopf hin und her, wobei er zweimal kräftig durch die Nase ausatmete. Er saß da, wie ein kleines Häufchen Elend.

»Also, - es geht um Folgendes«, begann nun Jana einleitende Worte zu dem, was David sagen wollte. Sie hatte ihre linke Hand auf Davids rechten Unterarm gelegt und wollte, da sie merkte dass Davids Aussage, zu der Überlegung seiner Meinungsänderung, ihm schwer fiel. »David möchte nun doch lieber seiner „inneren Stimme" folgen und Theologie studieren, um den rechten Weg zu verkünden«.

Bernd Lay atmete durch. Hatte er doch eben noch gedacht, es sei etwas Schlimmes passiert, was sein Sohn nun erzählen wollte. So etwas, als brauche er dringend eine Menge Geld da er Mist gebaut hätte oder die Beiden würden ein Kind bekommen, wüssten aber jetzt nicht weiter, da die Beiden vor dem Beginn ihrer beruflichen Ausbildung standen. Dabei ging es lediglich um Überlegungen, welchen Bereich einer beruflichen Richtung man einschlug. Bernd ging zum Esstisch, rückte einen Stuhl zurecht und setzte sich zu den Beiden.

David hob seinen Blick und schaute seinen Vater an. Seine zusammengepressten Lippen, die wirkten, als müsse er das was er aussprechen wollte, für sich behalten, öffneten sich und nickend sagte er:

»Ja, - ich hatte mir Gedanken gemacht und wollte den Beruf bei der Polizei wählen. Genau wie Opa und Mama wollte ich zur Kriminalpolizei, um der Kriminalität entgegenzuwirken und mich für Recht und Ordnung einsetzen. Mein rationales Denken war und ist wirklich genau bei dem, eine sichere Karriere bei der Polizei zu beginnen«.

Bernd Lay nickte wortlos, David am Arm berührend.

»Aber«, David stockte, als er nun Jana ansah, die ihm bestätigend zunickte, bevor er sich seinem Vater wieder zuwendete, »ganz tief in mir drin ist der feste Wunsch, doch in Richtung Theologie zu gehen. Schau mal, - Gott hat uns allen den freien Willen mitgegeben. Den Willen, uns zwischen verschiedenen Möglichkeiten entscheiden zu können. Tief in mir ist der große Wunsch in diese Richtung. Es ist, als würde mein Herz frei einatmen und sich der Wahrheit öffnen, wenn ich genau über diese Sache nachdenke. Ich glaube, genau das ist es, was Gott von mir möchte. Bernd, - Mama ist ihrer Berufung nachgegangen und ist, wie auch Opa in den Polizeidienst eingetreten. Genau das war es, was sie immer wollte und wofür ihr Herz brennt. Genauso empfinde ich aber für die Sache mit der Theologie und dem Verkünden von Gottes Weg. Ich möchte allerdings, - Du siehst nun, dass ich mich mit dem Thema sehr beschäftigt habe, nicht in Kirchen Messen abhalten und das Wort Gottes verkünden, sondern ich möchte den Weg gehen, als Gefängnispfarrer den Menschen zu helfen. Den Menschen, die aufgrund ihres „freien Willens" eine falsche Entscheidung getroffen haben und den falschen Weg eingeschlagen haben. Diesen Menschen möchte ich helfen, einen anderen Weg zu gehen«.

Bernd lehnte sich in dem Esszimmerstuhl zurück, bevor er Luft tief in seine Lungen einsog und sagte: »Du musst Deinem Herzen folgen. Genauso wie Du fühlst und was, wie ein Drang in Dir zu sein scheint, - genauso musst Du ganz alleine entscheiden. Mit der Intensität, wie Du mir das jetzt erzähltest, wird es wohl die richtige Entscheidung für Dich sein«.

»Was glaubst Du, wird Mama dazu sagen? «

»Deine Mutter will bestimmt auch nur das Beste für Dich und Deinem inneren Bedürfnis sicher nicht im Wege stehen«.

David atmete langsam tief durch. Er lächelte, als er Jana ansah und war froh, sich diese Last von der Seele geredet zu haben und das sein Vater so besonnen reagiert hatte.

*

Rüdiger Werhaus öffnete die Haustüre des gemieteten Einfamilienhauses am Rande von Brühl, in der Nähe der Autobahnauffahrt „Brühl/Bornheim" zur A553. Seine Frau hatte ihm erzählt, dass Beamte der Kriminalpolizei bereits am Vortag dort waren, um ihm einige Fragen hinsichtlich eines Mordes an seiner Mutter, zu stellen.

»Guten Tag, mein Name ist Thekla Sommer, das hier«, Thekla zeigte auf den neben ihr stehenden Robert, »ist mein Kollege Robert Hanf, Kriminalpolizei Siegburg«, beide hielten ihre Dienstausweise in Augenhöhe von Herrn Werhaus. »Sind Sie Rüdiger Werhaus? «

»Ja der bin ich«, Rüdiger Werhaus trat zwei Schritte zurück, wobei er die Haustüre weit öffnete, »treten Sie bitte ein. Meine Frau hat mir erzählt, dass Sie schon einmal hier waren. Es geht wohl um den Tod meiner Mutter? Wie schrecklich, - ich habe eben erst davon erfahren«.

»Eben erst? « fragte Robert ungläubig, als er und Thekla von Herrn Werhaus ins Wohnzimmer geführt wurden. »Sie waren einige Tage, genauer gesagt von dem Todestag Ihrer Mutter an, nicht mehr hier. Nach Aussage Ihrer Frau wusste sie auch nicht, wo Sie waren. Darf ich fragen, wo Sie sich die ganze Zeit aufgehalten hatten? «

Rüdiger Werhaus setzte sich in den Sessel, der gegenüber dem Sofa stand, auf das sich die beiden Kriminalbeamten gesetzt hatten. Er schüttelte langsam den Kopf, als er leise sagte: »Darüber möchte ich eigentlich nicht sprechen«.

»Haben Sie etwas zu verbergen? « fragte Robert, »oder warum machen Sie ein Geheimnis daraus? «

Der dreiundfünfzig jährige Rüdiger Werhaus runzelte die Stirn und mit schmalen, zusammengekniffenen Augen meinte er: »Ich glaube, - dass geht Sie gar nichts an. Sie sind doch wegen des Todes meiner Mutter hier und nicht darum, wo unbescholtene Bürger ihre Zeit verbringen«.

Thekla rutschte auf dem Sofa etwas nach vorne, sodass sie auf dem Rand der Sitzfläche saß. So verkürzte sie den Abstand zwischen ihr und dem gegenüber sitzenden Mann. »Wir sind hier um herauszufinden, ob Sie wirklich so unbescholten sind«, sagte sie knallhart, »Darf ich fragen, wie sich Ihre Einkommensverhältnisse darstellen? Geht Ihre Frau auch arbeiten? Was machen Sie eigentlich beruflich? Vor allem aber beantworten Sie bitte die Frage meines Kollegen, - wo waren Sie seit vorgestern? «

Die Türe zum Wohnzimmer öffnete sich und von der Küche aus, kam die Ehefrau des Befragten herein. »Ich habe gehört wie Sie gekommen sind und habe Kaffee zubereitet«, sie trug ein Servierbrett mit einer Kaffeekanne sowie drei Tassen nebst Untertassen und einer kleinen Schale Gebäck. »Nehmen Sie Milch zum Kaffee? « fragte sie lächelnd, als sie das Tablett auf dem Wohnzimmertisch abstellte.

»Liebes, - kannst Du uns bitte alleine lassen, - wir haben Wichtiges zu besprechen«, meinte Rüdiger Werhaus und winkte mit dem Handrücken in Richtung seiner Frau, so als wolle er Fliegen verscheuchen.

Frau Werhaus drehte sich um, wobei sich ihr Blick mit dem von Thekla traf und Thekla für einen kurzen Moment den Eindruck bekam, dass diese Frau, Trauer und ein gewisses Maß an Verletzung in sich trug. Noch ehe

Robert nach etwas Milch fragen konnte, fragte Thekla, haben Sie Geheimnisse voreinander?«

»Also gut«, meinte Herr Werhaus zähneknirschend, »passen Sie auf. Ich habe mit meiner Frau letzte Nacht, als ich nach Hause kam bereits einen mächtigen Zoff gehabt und möchte nicht, dass sie bei dem was ich Ihnen jetzt erzähle, erneut ausflippt. Wir hatten bereits vor einigen Tagen ziemlichen Ärger, da meine Frau meinte, ich solle mir endlich wieder eine vernünftige Arbeit suchen, bei der ich mehr verdiene, als bei der Tätigkeit, die ich im Moment mache. Ein Wort gab das andere und es knallten Türen. Voller Ärger packte ich meine Jacke von der Garderobe sowie meinen Autoschlüssel und verließ das Haus. Nachdem ich ohne Ziel durch Brühl gefahren war, fuhr ich, ebenfalls erstmal ohne besonderes Ziel, über Berzdorf und Keldenich auf die Autobahn in Richtung Bonn. Voller Zorn über den ständigen Streit ums Geld, kam mir der Gedanke, es mir gut gehen zu lassen. So beschloss ich im Bonner Norden die Immenburgstraße aufzusuchen. Ich hatte gehört, dort gäbe es ein großes Bordell. Dieses steuerte ich an und verbrachte dort mehrere Stunden mit zwei sehr netten jüngeren Frauen«.

»Mehrere Stunden? « fragte Robert misstrauisch, »da haben Sie doch bestimmt auch mehrere Flaschen mit den Damen konsumiert und bestimmt um die eintausend Euro bezahlen müssen? «

Thekla drehte verwundert den Kopf zu Robert, der Herrn Werhaus mit seinem starren Blick fixierte. Sie schaute Robert verwundert an und es schoss ihr durch den Kopf: »Woher kennt der denn die Preise? «

»Deshalb habe ich ja eben wieder diesen riesigen Ärger mit meiner Frau gehabt. Ich habe ihr natürlich reumütig von der Sache erzählt und ich kann auch verstehen, dass sie nicht gerade verständnisvoll reagierte, aber es ist nun mal passiert«.

»Herr Werhaus«, begann nun Thekla in ernstem Ton, »wir haben das mögliche Mordwerkzeug mit einigen brauchbaren Fingerabdrücken gefunden. Wären Sie in Anbetracht der geschilderten finanziellen Situation in der Sie sich befinden, bereit, uns Ihre Fingerabdrücke zum Vergleich zu geben? «

»Wie jetzt? « Rüdiger Werhaus richtete sich in seinem Sessel ruckartig auf und saß nun mit geradem Rücken und weit aufgerissenen Augen Thekla gegenüber, »werde ich jetzt verdächtigt, meine eigene Mutter …? « sein Atem stockte und die Worte schienen ihm im Halse stecken zu bleiben.

»In Anbetracht der Umstände, dass Ihre Mutter und Ihr Bruder einen Teil des Vermögens von Herrn Martin Schnee, dem leiblichen Vater ihres Bruders, geerbt haben,

- Sie, Herr Werhaus, jedoch nicht in dem Testament bedacht wurden, besteht die theoretische Möglichkeit, an den Erbteil Ihrer Mutter zu gelangen, der Ihnen nach deren Ableben zustehen würde«.

»Das ist doch eine unverfrorene Frechheit, die Sie hier äußern«, Rüdiger Werhaus sprang aus seinem Sessel auf, zeigte mit seinem ausgestreckten linken Arm in Richtung der Wohnzimmertüre und schrie »Verlassen Sie meine Wohnung, - Beide! «

Frau Werhaus kam von der Küche aus ins Wohnzimmer gestürmt, da sie dachte es sei etwas passiert.

»Raus!« rief Herr Werhaus erneut in Richtung Thekla und Robert, die sich vom Sofa erhoben hatten. Als die Beiden in der, nun bereits durch Robert geöffneten Wohnzimmertüre standen, drehte sich Thekla noch einmal um.

»Sie haben die Wahl, - entweder Sie geben uns jetzt Ihre Fingerabdrücke oder wir kommen mit einem richterlichen Beschluss wieder«, meinte sie.

Herr Werhaus, der sich an den Beiden vorbei zur Haustüre zwängte und diese ruckartig öffnete meinte, als er zur weit geöffneten Türe zeigte: »Nur mit richterlichem Beschluss.«

100

Die Türe wurde mit einem lauten Knall hinter Thekla und Robert zugeschlagen, als diese sich im Vorgarten befanden. Auf der Fahrt, zurück nach Siegburg, steuerte Robert den heiß geliebten Twingo von Thekla an, was äußerst selten vorkam. Währenddessen rief Thekla bei Fred Bollenkamp an und fragte nach, ob an dem Hammer, der die Beamten der Bornheimer Wache bereits ins Präsidium gebracht hatten, brauchbare Fingerabdrücke gefunden wurden. Leider war Sybille Salz noch nicht im Dienst, sonst hätte Thekla bei ihr nachgefragt, - obwohl, - diese hätte Thekla sicherlich schon informiert. So jedoch musste sie den Leiter aller Mordkommissionen danach fragen.

»Gerade habe ich den Bericht der KTU bekommen«, sagte Fred, »tatsächlich sind gute Abdrücke gefunden worden, die einen Abgleich mit der unserer Datenbank ermöglichen. Gleich nach unserem Telefonat werde ich einen Abgleich veranlassen«.

»Sehr gut, - kannst Du vorsorgehalber beim Staatsanwalt die Entnahme von Fingerabdrücken der folgenden Personen beantragen? « fragte sie. »Beate Schnee, Karl Schnee, Ludger Werhaus, Rüdiger Werhaus, sowie dessen Ehefrau Marion Werhaus, geborene Wollenweber. Alle hätten ein Motiv gehabt, Agnes Werhaus umzubringen. Ein Abgleich mit den gefundenen Abdrücken auf dem Hammer ist unumgänglich«.

»Alle hätten ein Motiv gehabt? « fragte Alfred Bollenkamp nach.

»Ja, - alle. Jeder war in finanziellen Nöten und jeder wollte einen größeren Teil des Erbes haben. Als Motiv steht also „Habgier", bei Rüdiger Werhaus auch noch „Hass" auf den Halbbruder, da er nicht im Testament bedacht wurde und sich einen Teil des Erbes seiner Mutter holen wollte, der ihm nach deren Ableben zustehen würde«.

»Ich werde die richterliche Anordnung auf Entnahme der Fingerabdrücke beantragen. Wann seid Ihr wieder im Präsidium? «

»Schätzungsweise in dreißig Minuten«, antwortete Thekla und beendete das Telefonat. An Robert gewandt meinte sie weiter: »Gott sei Dank sind brauchbare Spuren auf dem Hammer gefunden worden. Ich habe eben geblufft, als ich das zu Herrn Werhaus sagte«.

Robert nickte. »Das ist mir bei der Befragung aufgefallen, - manchmal führt so etwas zum Geständnis eines Tatverdächtigen«.

Thekla griff erneut zu ihrem Smartphone, um Lisa und Peter zu verständigen, dass sie sich gleich im Präsidium treffen, um die Vorgehensweise für den morgigen Tag abzustimmen. Kurz bevor sie in die Tiefgarage des Präsidiums einfuhren, meldete sich Sybille Salz auf Theklas Handy.

»Sybille! Wie geht es Dir? « fragte Thekla.

»Hallo Thekla. Ich wollte Dir nur sagen, dass ich morgen wieder zum Dienst erscheinen werde. Mir ist zwar noch etwas flau zu Mute, jedoch halte ich es hier zu Hause nicht aus. Ich will unbedingt etwas tun. Oder braucht Ihr meine Hilfe nicht? Wie weit seid Ihr in dem Fall?« fragte Sybille.

»Oh Sybille, - wir vermissen Dich sehr. Die Unterstützung Deiner Innendienstrecherche ist uns immer eine große Hilfe. Wir werden nachher abklären, wie wir morgen im Einzelnen vorgehen werden. Ich glaube, wir sind auf dem besten Weg, den Fall bald abschließen zu können. Alles Weitere morgen im Büro«

Thekla schmunzelte, als sie zu Robert meinte: »Ich hatte mir schon gedacht, dass es Sybille zu Hause nicht aushält, wenn wir mitten in einem Fall sind. Sie ist eben eine richtige Vollblutermittlerin«.

*

Jana hatte das Kaffeegeschirr vom Esstisch abgeräumt. Sie hatte zusammen mit David und seinem Vater den Käsekuchen genossen, den ihre Mutter am Vormittag gebacken hatte. Doris Kaminski hatte jedoch leider an diesem Nachmittag keine Zeit an der gemeinsamen Kaffeetafel teilzunehmen, da eine langjährige Freundin sie darum gebeten hatte, bei einer Recherche zu einer Hochzeitslokalität zu helfen.

»Musst Du wirklich gleich gehen? « fragte David traurig, als Jana sich neben den noch am Tisch sitzenden Freund stellte. Sie legte ihre Hand zunächst auf seine Schulter, um ihm im nächsten Moment über seinen Kopf zu streicheln.

»Ja, - Du weißt es doch, - ich will noch dringend einige Stunden in die Bücher schauen, um den Stoff für die morgige Klausur noch einmal zu verinnerlichen. Die Note dieser Klausur wird maßgeblich in das letzte Zeugnis vor unserem Abiturjahrgang einfließen. Da David in einer Parallelklasse des gleichen Jahrgangs war, würde auch auf ihn noch die letzte Klausur in Französisch zukommen. Er hatte vor, dieses Fach im Abschlussjahrgang abzuwählen, da er für den Bereich Theologie besser Latein gebrauchen würde und er Französisch nie so recht mochte, - jedenfalls die französische Sprache.

Nachdem Jana dreißig Minuten später das Haus
verließ, als zufällig ihre Mutter gerade die Autotüre vor
dem Haus schloss, ging David in sein Zimmer im
Obergeschoss. Er legte sich auf sein Bett und spielte mit
seiner Play Station bis er müde wurde und schlafen
wollte. Vorher rief er jedoch Jana noch einmal an. Ihm
waren wieder Gedanken gekommen, die er eigentlich
bereits am Nachmittag mit Jana und seinem Vater
besprechen wollte, die er jedoch an der Kaffeetafel
vergessen hatte.

»Hi, Liebster«, säuselte Jana in ihr Smartphone, als sie
auf dem Display erkannte, dass David anrief, »was
machst Du? «

»Hallo Jana, - Du, - ich muss Dir noch was sagen.
Eigentlich wollte ich ja schon heute Nachmittag erzählen,
aber …«

»Schieß los, - ist es etwas Ernstes? «

»Na ja, - wie man's nimmt. Ich hatte mir überlegt, um
im Rahmen der Theologie erste Eindrücke gewinnen zu
können, in den nächsten Ferien für eine Woche ins
Kloster zu gehen«.

Jana konnte sich vor Lachen kaum auf ihrem
Schreibtischstuhl halten. »Du, - ins Kloster? « rief sie
laut.

»Ja, im Ernst, - Du brauchst gar nicht so zu lachen.
Erinnerst Du Dich noch daran, dass wir vorherige Woche
diesen älteren Mann mit dem langen grauen Bart
getroffen hatten? Er saß im Café Fassbender am
Siegburger Marktplatz unter den Sonnenschirmen einen
Tisch weiter neben uns«.

»Ja, ich erinnere mich, - er hatte doch seinen Enkel
dabei, der in etwa so alt schien, wie Du oder ich«.

»Genau, - und erinnerst Du Dich auch noch daran, als
er seinem Enkel sagte, es sei vor einer Berufswahl immer
von Vorteil, ein Praktikum zu machen, - oder vielleicht
auch mehrere? «

»Ja, - dabei hatte er noch ernst zu uns herüber geschaut
und zu seinem Enkel gemeint, wir würden das bestimmt
auch machen«.

»Siehst Du, - und seitdem geht mir der Gedanke eines
einwöchigen Aufenthaltes in einem Kloster nicht mehr
aus dem Kopf«

»Aber man kann doch nicht einfach an der Pforte eines Klosters anklopfen und sagen, dass man jetzt eine Woche dort leben will«, meinte Jana.

»Doch«, widersprach David, »genau das ist möglich. Ich habe mich bereits im Internet erkundigt, Eigentlich wäre es schön gewesen, es in der Abtei Michaelsberg zu machen, aber da der Benediktinerorden nach achthundert Jahren, im Juni 2010, die Abtei aus wirtschaftlichen und personellen Gründen verließ, habe ich weiter recherchiert. In Aachen gibt es die Abtei Kornelimünster, die ebenfalls dem Benediktinerorden angehört. Dort ist jedem ein Kennenlernen des Klosterlebens, unter Einhaltung gewisser Regeln, für einen frei wählbaren Zeitraum jederzeit möglich«.

»Dann mach das doch. Ich werde Dich in dieser Hinsicht bestimmt unterstützen. Vielleicht suche ich mir für einen passenden Zeitraum auch einen entsprechenden Praktikumsplatz in einer psychiatrischen Klinik? Vielleicht beim LVR in Bonn? « bekräftigte Jana das Vorhaben Davids, der nach einer Weile das Gespräch beendete und danach entspannt und zufrieden einschlief.

*

Am nächsten Morgen kam Thekla auf dem Flur des Präsidiums, auf dem sich die Abteilung der Mordkommissionen befand, Sybille mit einigen Papieren entgegen.

»Guten Morgen Sybille, - schön dass Du wieder hier bist«, begrüßte Thekla die Kollegin, »geht es Dir heute besser? «

Sybille antwortete lächelnd, in ihrer gewohnt fröhlichen Art: »Es tut mir echt leid, dass ich wegen einer so blöden Sache gefehlt habe, aber ja, Danke, - mir geht es wieder gut. Hier hat mir Bollenkamp heute Morgen bereits richterliche Anordnungen gegeben, die Du gestern angefordert hast«. Sie reichte Thekla fünf Anordnungen. Dann fragte sie noch: »Ihr scheint kurz vor Abschluss des Falles zu stehen? «

»Wir haben es hier möglicherweise mit einem Fall von Habgier zu tun und es kommen einige Verdächtige in Betracht, die an das unverhoffte Erbe von Frau Agnes Werhaus wollten. Hat Fred etwas zu den Fingerabdrücken auf der Tatwaffe gesagt? Gibt es einen Treffer beim Abgleich mit den gespeicherten Abdrücken in der Polizeidatei? «

Sybille schüttelte den Kopf und meinte: »Keine Übereinstimmung.«

Die Aufzugtüre am Ende des Flures öffnete sich. Laut lachend kamen Peter Ludwig, Lisa Drollig und der Polizeipsychologe Felix Bähr heraus. Der Psychologe war dem Präsidium vor einigen Monaten zugeordnet worden, um in schwerwiegenden Fällen, Täterprofile zu erstellen, aber auch um Krisenintervention bei den ermittelnden Beamten zu betreiben. So manch ein Fall brachte Kollegen an den Rand der psychischen Belastungsgrenze.

»Euch geht es aber gut«, begrüßte Robert, der neben Thekla und Sybille stand, die Drei.

»Felix hat gerade einen Witz aus dem Bereich der angewandten Psychologie erzählt«, meinte Lisa, die immer noch lachte. Sie machte Robert neugierig.

»Da haben wir jetzt keine Zeit für« unterbrach Thekla, da sie Roberts Neugierde kannte. »Hier«, Thekla gab Peter und Lisa jeweils eine der richterlichen Anordnungen, - wir fahren jetzt zu den Verdächtigen und nehmen die jeweiligen Fingerabdrücke ab. Hoffentlich ist diesmal ein Treffer beim Datenabgleich zu finden«.

Die Gesichtsausdrücke von Lisa, Peter und Robert wurden wieder ernster. Felix Bähr, der den autoritären

Unterton in Theklas Aussage erkannte, verdrückte sich schweigend in Richtung der Toilette. Jeder der Kommissare holte aus seinem Büro das Set mit den Utensilien zur mobilen Abnahme von Fingerabdrücken. Als sie gerade gemeinsam zur Aufzugstüre gehen wollten, um zu den in der Tiefgarage parkenden Dienstwagen zu gehen, kam Sybille aus ihrem Büro gestürmt.

»Wartet! « rief sie und kam schnellen Schrittes auf die Kollegen zu, »hier ist ein wahrscheinlich entscheidendes Fax der Bonner Kollegen gekommen«.

Thekla nahm das Fax entgegen und las, was dort geschrieben stand. Danach schaute sie die drei, neben ihr Stehenden an, die gespannt auf die neue Mitteilung der „Bonner" warteten. Thekla hob ihren Blick von dem Schriftstück und wirkte erleichtert, als sie sagte: Ich glaube wir haben den Täter«.

*

Thekla hielt mit ihrem Twingo vor dem Haus des mutmaßlichen Täters an, dessen Fingerabdrücke von der Bonner Polizei, nach einem versuchten Autodiebstahl, bereits abgenommen wurden und direkt in die nationale Datei der Bundespolizei abgespeichert worden waren. Nach Eingabe eines neuen Datensatzes wurde stets ein Abgleich mit bisherigen Daten durchgeführt. Hierbei wurde recht schnell ein Treffer mit den Fingerabdrücken angezeigt, die auf dem blutverschmierten Hammer gefunden wurden, der vom Walberberger Friedhof stammte. Hinter Theklas Wagen, in dem auch Robert saß, stoppte der Dienstwagen der Siegburger Mordkommission, in dem Lisa und Peter saßen, sowie zwei Streifenwagen der Bornheimer Polizeidienststelle. Thekla schickte die uniformierten Beamten zur Sicherung der seitlichen und hinteren Hausseiten. Sie selbst ging mit den Kollegen der Dienstgruppe II, deren Leiterin sie war, zur Haustüre und klingelte.

Der dreiundfünfzig jährige Rüdiger Werhaus öffnete die Haustüre und schaute die Beamten erstaunt an.

»Heute mit großem Besteck? « meinte er grinsend, als er Lisa, Peter und die beiden Streifenwagen vor dem Haus, stehen sah. »Haben Sie denn jetzt die richterlichen Anordnungen zur Fingerabdruckentnahme dabei? « fragte er.

Thekla nickte und hob zwei Dokumente hoch. »Die brauchen wir aber nicht«, antwortete sie.

»Warum belästigen Sie mich denn schon wieder? « meinte Herr Werhaus zynisch.

»Herr Werhaus, - Ihr zwanzigjähriger Sohn Alexander ist letzte Nacht von Kollegen der Bonner Polizei bei einem versuchten Autoeinbruch auf frischer Tat verhaftet und anschließend erkennungsdienstlich behandelt worden. Dabei wurden seine Fingerabdrücke mit den Fingerabdrücken der Fahndungsdatei abgeglichen«.

Rüdiger Werhaus nickte als er sagte, dass ihm sein Sohn den versuchten Autoaufbruch gestanden hatte, nachdem er von der Bonner Polizei zuhause abgesetzt wurde. »Und? – warum jetzt das Großaufgebot hier? « fragte er.

»Ist Ihr Sohn im Hause? « fragte Robert laut, dem die großspurige Art des Mannes nicht gefiel.

»Ja, - er muss oben in seinem Zimmer sein« meinte der Hausbewohner, »aber warum …? « Weiter kam Herr Werhaus nicht, denn Robert, Lisa und Peter drängten sich durch die halbgeöffnete Haustüre und eilten die Treppe nach oben. Dort öffneten sie zwei Zimmertüren, bis sie an das Zimmer von Alexander kamen. Dieser befand sich noch schlafend in seinem Bett. Robert weckte ihn, forderte ihn auf aufzustehen und sich anzuziehen. Anschließend kamen sie mit dem jungen Mann, der zwischenzeitlich Handschellen angelegt bekommen hatte und seine Arme auf dem Rücken hielt, die Treppe herunter.

»Was geht hier vor sich? « tobte Rüdiger Werhaus. »Lassen Sie sofort meinen Sohn los. Ihre Bonner Kollegen haben gesagt, mein Sohn würde von der dortigen Staatsanwaltschaft vorgeladen und ihm würde der Prozess gemacht. Bis dahin wäre er auf „freiem Fuß", da er einen festen Wohnsitz hat«, schrie er mit voller Energie.

Die uniformierten Beamten, die sich um das Haus verteilt hatten, kamen herbeigelaufen, da sie anhand des Geschreis eine Eskalation vermuteten. Thekla zeigte auf Alexander Werhaus und sagte: »Herr Werhaus, Sie sind vorläufig festgenommen, weil Sie verdächtigt werden, Ihre Großmutter Agnes Werhaus erschlagen zu haben. Sie haben das Recht, die Aussage zu verweigern und einen Rechtsanwalt hinzuzuziehen. Alles was Sie jetzt sagen, kann vor Gericht gegen Sie verwendet werden. Haben Sie das verstanden? «

Alexander schossen die Tränen in die Augen und er senkte, immer noch von Robert an seinem rechten Arm festgehalten, den Kopf. Er schaute seinen Vater, der nun dicht neben ihm stand, in die Augen. »Ich habe das gemacht, weil ich ein Gespräch zwischen Dir und Mama mitbekommen habe. Wie ich verstanden hatte, hätte Oma und Ludger einiges an Geld geerbt, Du aber wärst in dem gefundenen Testament nicht genannt worden. Ich fand es so ungerecht, dass Onkel Ludger Geld erbte und Du nicht.

113

Wie es um unsere finanzielle Situation steht, hast Du Mama ja in so manchem Streit vorgeworfen. Nun wollte ich erreichen, dass wir wenigstens von dem Erbe, das Oma gemacht hatte, einen Teil abbekommen. Oma hatte doch sowieso bereits ihr Leben gelebt und wäre sicherlich bald gestorben«.

Alexander bekam von seinem Vater links und rechts jeweils schallende Ohrfeigen. »Was sagst Du denn da? Bist Du verrückt geworden? « schrie er ihn an.

Thekla drehte sich zu den uniformierten Kollegen der Bornheimer Wache um und meinte, auf Alexander Werhaus zeigend: »Mitnehmen und der Arrestzelle des Siegburger Polizeipräsidiums zuführen. Dort wird er dann dem Haftrichter vorgestellt«.

Als Alexander in einem der beiden Streifenwagen saß und Tekla sowie die anderen Kollegen zu ihren Fahrzeugen gingen, stand Rüdiger Werhaus immer noch total erschüttert von dem eben stattgefundenen Geschehen in der geöffneten Haustüre und schaute, dem nun abfahrenden Streifenwagen, in dem sein Sohn saß, hinterher. Nachdem auch Thekla und Robert einige Meter gefahren waren, rief Robert die hinter ihnen fahrenden Kollegen an.

»Thekla hat beschlossen, aufgrund der Festnahme des mutmaßlichen Täters, uns zu einem großen Eisbecher einzuladen. Lasst uns zum Eiscafé Trebellii fahren. Wir schlagen vor, Ihr fahrt hinter uns her. Es ist ja hier ganz in der Nähe«.

ENDE

Leseprobe

Rhein-Sieg-Kreis Krimi

Mord in Bornheim

Der Spargelkönig

Der zweite Fall von Kommissarin Thekla Sommer

© **Kersten Wächtler**

Erstes Kapitel

Eigentlich war alles wie immer.

Der Ehemann, Friedrich Schirmer, ein führendes Mitglied der >Chefetage< eines mittelständigen Unternehmens in Bonn, hatte gegen 06:45 Uhr das Haus verlassen, um seiner verwalterischen Tätigkeit im Bereich der Transportlogistik nachzugehen.

Der Sohn Max und die Tochter Lena waren nach ihrer morgendlichen Trödelparade im Badezimmer und dem darauf folgendem Gemeckere, was es denn heute wieder zum Frühstück gäbe und womit die Schulbrote möglichst nicht zu belegen wären, bereit, das Haus zu verlassen. Einzig noch das, bereits als Ritual anzusehende Küsschen von der Mama, beim Verlassen des Hauses, fehlte noch.

»Passt gut auf Euch auf und kommt gesund wieder«, rief sie den Beiden nach, als sie die Straße zur Haltestelle, an der Straße >Im Benden< in Alfter, hinuntergingen. Familie Schirmer bewohnte hier, in der Fürst-Franz-Joseph-Straße, im >Unterdorf<, ein Einfamilienhaus, welches Friedrich von seinen Eltern

geerbt hatte. Es waren, hier und da, einige
Schönheitsreparaturen notwendig gewesen. Neue
Heizung, neuer Dachstuhl und Ziegel, sowie das
Streichen der Fassade, hatte schon fast alle Ersparnisse
aufgebraucht. Das Erbe der Eltern sollte jedoch
erhalten bleiben und später dann auch an die Kinder
weitergegeben werden.

Der Schulbus hielt glücklicherweise nur etwa
einhundert Meter vom Haus der Schirmers entfernt.
Von hier aus fuhren sie dann nach Bornheim, in
die >Europaschule<. Die Mutter winkte beiden nach.

Ute Schirmer machte nun dass, was sie eigentlich
jeden Tag machte, seitdem sie mit der jüngsten, ihrer
Lena, schwanger war. Sie hatte damals kräftig
zugenommen, aber sie hatte sich auch nach der
Entbindung angewöhnt, jeden Morgen einige
Kilometer zu laufen. So nahm sie auch heute ihren
Labrador >Bruno< an die Leine, und lief los. Von
Alfter aus, >In den Benden< startend, über
den >Kölner Pfad<, einen Wirtschaftsweg, quer durch
Blumen- und Obstfelder, in Richtung Bornheim-
Roisdorf. Hier lief sie noch ein Stück über die
Friedrichstraße, dann links in die Siegesstraße, bevor

118

sie dann wieder links, über einen kleinen, aber asphaltierten, Fußweg, namens >Auf der Lüste<, zurück bis nach Alfter lief. Dieser schmale Weg >Auf der Lüste< verlief durch einen kleinen Park, parallel dem Roisdorf-Bornheimer-Bach und der S-Bahn Strecke der Linie 18, von Bonn nach Köln. Das war täglich eine Strecke von circa viereinhalb Kilometer, aber durch den täglichen Rhythmus zur Gewohnheit geworden, was man der Figur aber auch ansah. Als sie durch das kleine, dichtbewachsene Wäldchen lief, das sich an ein Grundstück anschloss, auf dem sich ein großes Seniorenheim befand, stutzte sie etwas. War da hinten auf der Bank, an dem asphaltierten Weg, über den sie laufen musste, ein Mensch, in nach hinten angelehnter Haltung sitzend? Vorsichtshalber nahm sie Bruno etwas kürzer an die Leine. Normalerweise lief er ruhig und brav immer neben ihr her, da er die Ausläufe gewohnt war. Diesmal jedoch bemerkte Ute, wie der Labrador, bereits etwa fünfzig Meter von der Bank entfernt, unruhig wurde. Je näher sie kamen, je mehr fing er an zu tänzeln und hielt den Kopf sehr aufmerksam in Richtung des Mannes, der da saß. Der Mann saß ganz regungslos und hatte den Kopf in den Nacken gelegt. Als sie in Höhe der Bank war, sah Ute, dass der Mann mit weit geöffneten Augen in die Baumkronen, über ihm, schaute. Ute lief vorbei, aber irgendetwas in ihr sagte:

»Bleib stehen, - sprich ihn an. Vielleicht braucht er Hilfe«.

Der Mann brauchte keine Hilfe mehr, - denn er war tot.

*

Thekla genoss die Zeit mit ihrer langjährigen Freundin. Sie kannten sich noch aus der Schulzeit, waren auf demselben Gymnasium, hatten gemeinsam Abitur gemacht und sich seitdem nicht mehr aus den Augen verloren. Sylvia wohnte in einem kleinen, zu Bonn gehörenden, Vorort der Bundesstadt. Eigentlich hatten die zwei es sich zur Gewohnheit gemacht, einmal im Monat gemeinsam die Seele baumeln zu lassen und einige Stunden in der Saunalandschaft, an der Bonner Kennedybrücke, gegenüber der Oper, zu verbringen.

In dem fünfgeschossigen Bürohaus war eine
exzellente und sehr großzügig angelegte
Saunalandschaft, die sich über drei Etagen, auf
etwa dreitausend Quadratmeter, zuzüglich einer
übergroßen Dachterrasse, hinzog. Hier waren sechs
verschiedene Saunierarten und das Benutzen eines
Swimmingpools möglich. Ebenfalls war ein
gemütlicher Gastronomiebereich, der zwischen den
Saunagängen zum Relaxen einlud, vorhanden. Die
Tageskarte für neunundzwanzig Euro war für
dieses Erlebnis, einmal pro Monat, nicht zu teuer.

Nach etwa dreieinhalb Stunden der Erholung
hatten die zwei genug und beschlossen, >beim
Griechen< nebenan, etwas essen zu gehen. Es störte
Thekla nicht, dass Sylvia ihr unter der
Gemeinschaftsdusche den Rücken einseifte,
obwohl sie wusste, das Sylvia bereits seit der
Gymnasialzeit, Frauen attraktiver fand, als Männer.
Ihr späteres Outing, als lesbisch, nach einer kurzen
Eheepisode, war für Thekla damals auch nur die
logische Konsequenz. Jedenfalls bemerkte Thekla
schon, dass Sylvia ihr beim Waschen des Rückens,
einmal mehr als nötig gewesen wäre, über ihren,

durch stetes sportliches Training, straffen Hintern gestrichen hatte. Etwas amüsiert, aber auch als sehr angenehm empfindend, musste Thekla, diesen Moment unkommentiert lassend, grinsen.

Als Thekla dann ihrerseits den Rücken ihrer Freundin abseifte und abspülte, meinte diese:

»Ich glaube ich muss demnächst mit Spülmittel duschen«.

»Wieso mit Spülmittel?«, fragte Thekla ganz erstaunt?«

»Na, - da steht doch immer auf der Flasche«, sie zeigte auf die Rückseite einer imaginären Flasche, »hilft selbst bei hartnäckigem Fett«.

Beide Frauen prusteten los vor Lachen. So war die Freundschaft eben zwischen den Beiden, - einfach herzerfrischend. Lachen erfrischt das Herz und das Gemüt.

Als beide dann an ihren Umkleideschrank gingen, um die Kleidung wieder anzuziehen, sah Thekla auf ihr Handy.

»Oh nein, - drei Anrufe in Abwesenheit. Alle
drei aus dem Polizeipräsidium. Ich hab mir doch
extra ein paar Tage Urlaub genommen, um
ungestört mal was für mich zu machen«.

Ihr inzwischen sechzehnjähriger Sohn David
war vor einiger Zeit, gegen ihren Willen, von zu
Hause ausgezogen, um bei seinem Vater, Bernd
Lay, in Siegburg-Kaldauen, zu wohnen. Es ging
ihm wohl insgeheim darum, näher an seiner
Flamme, Jana Kaminski, der fünfzehnjährigen
Tochter von Bernds neuer Freundin, Eva Kaminski,
zu wohnen. Wegen Doris hatte Bernd die
langjährige Beziehung mit Thekla, welche nicht
durch eine Ehe besiegelt wurde, seinerzeit beendet.

»Also ehrlich«, meinte Thekla, zu Sylvia
gewandt, «ich möchte doch so gerne noch mit Dir
essen gehen«. Thekla zog eine Schnute wie ein
dreijähriges Mädchen, das noch Schokopudding,
vor dem Schlafengehen haben möchte, obwohl
Mutter es verboten hat.

»Nun ruf doch mal zurück«, ermutigte Sylvia.
»vielleicht wollen die ja nur eine Kleinigkeit
fragen«.

Als sie sich nun angezogen hatten und das
Saunaparadies verlassen hatten, zückte Thekla, auf
dem Weg etwas essen zu wollen, das Handy.

Vor dem Eingang zum Restaurant drückte
Thekla, etwas resigniert in Richtung Sylvia
schauend, die Rückruftaste.

»Polizeipräsidium Siegburg, Alfred
Bollenkamp«, hörte Thekla ihren Vorgesetzten
sagen.

...

Bisher erschienen in dieser Reihe:

Mord in Siegburg

Der **erste** Fall der Kommissarin Thekla Sommer

Mord in Bornheim

Der **zweite** Fall der Kommissarin Thekla Sommer

Mord in Rheinbach

Der **dritte** Fall der Kommissarin Thekla Somme

Mord in Sankt Augustin

Der **vierte** Fall der Kommissarin Thekla Sommer

Mord im Bonner "Regierungsviertel"

Der **fünfte** Fall der Kommissarin Thekla Sommer

Mord in Siegburg-Zentrum

Der **sechste** Fall der Kommissarin Thekla Sommer

Mord in Wesseling

Der **siebte** Fall der Kommissarin Thekla Sommer

Mord in Hennef

Der **achte** Fall der Kommissarin Thekla Sommer

Mord in Eitorf

Der **neunte** Fall der Kommissarin Thekla Sommer

Mord im Siebengebirge

Der **zehnte** Fall der Kommissarin Thekla Sommer

Morde mit "VX" (Trilogie)

> Teil 1/3 Troisdorf <

> Teil 2/3 Remagen <

> Teil 3/3 Heisterbach <

Der **elfte** Fall der Kommissarin Thekla Sommer

Mord in Niederkassel

Der **zwölfte** Fall der Kommissarin Thekla Sommer

Mord in Harmonie, -Ein Eitorf Krimi-

Der **13te** Fall der Kommissarin Thekla Sommer

Mord in Siegburg-Stallberg

Der **14te** Fall der Kommissarin Thekla Sommer

Über den Autor:

Geboren 1958, in der Zeit des Wirtschaftswunders, verbrachte er seine Kindheit, mit zwei Schwestern und zwei Halbbrüdern, in Siegburg und dem ländlichen Windeck. Geprägt von dem idyllischen Umfeld, fühlte er sich in der Stadt nie so recht wohl und er suchte sein soziales Umfeld meist in ländlichen Regionen, wie Rheinbach, Meckenheim, Bornheim oder Herchen/Sieg.

Bereits im jungen Erwachsenenalter fing er an, seine Gedanken schweifen zu lassen und niederzuschreiben. Am Anfang war es mal ein Kinderbuch oder philosophische Zeilen. Als zertifizierter Psychologischer Berater folgte ein psychologisch/spirituelles Werk. Seit einiger Zeit entspringen Krimis (aus dem Rhein-Sieg-Kreis und dem Rheinland) seinen Gedanken und dem Werk seiner Phantasie. Hier legt er aber besonderen Wert auf umfangreiche, historische Recherche hinsichtlich der Schauplätze seiner Handlungen.